教你讀
唐代傳奇 博異志

劉瑛——著

導論

一、前言

唐代的文學，當以詩和小說為代表。宋代的洪邁即曾說過：

唐人小說，不可不熟。小小情事，悽惋欲絕。洵有神遇而不自知者。與詩律可稱一代之奇（《容齋隨筆》）。

周著《中國小說史略》中也說：

小說亦如詩，至唐代而一變。雖尚不離於搜奇記逸，然敘述宛轉，文辭華艷，與六朝之粗陳梗概者較，演進之跡甚明。而尤顯者，乃在是時則始有意為小說（《第八章唐之傳奇文》）

我們研究發現，唐自貞元、元和之後，傳奇作家輩出，爭奇鬥豔。正如宋代劉貢文《中山詩話》中所說：「小說至唐，鳥花猿子，紛紛蕩漾。」即以提倡古文的韓愈和柳宗元兩大家為例，文公所著《圬者王承福傳》、《毛穎傳》，和柳柳州的《種樹郭槖駝傳》、《李赤傳》，雖以寓言為本，以艱深為文，其本質實去小說不遠。

其後，又有聚篇為集的形態面世。如《傳奇》、《三水小牘》、《玄怪錄》等。然自唐迄今，一千餘年。無論單篇或小說集，歷經戰亂與水患、火災，仍能流傳下來的，實在不多。宋朝初年所編成的《太平廣記》五百卷，對唐以前小說的保存，厥功甚大。而歷代學者專家的蒐集、校補、甚或考證，而予以印行，保存小說的功勞也不小。

唐小說集流傳下來的本就不多。雖歷經整理，有些小說集，如《博異志》，不但篇章散佚，甚至連著者是誰都未獲定論。筆者雖自知淺薄，而求知之心，老而彌篤。本文擬就《博異志》之書目、卷數、與著者為誰等，作一簡略之研究，解說，並就所能蒐集到的各篇，予以校補董理，加上標點符號，就較難解的詞句，加以註釋。

二、博異志其書

根據《新唐書》卷五十九藝文三小說類，列有「谷神子《博異志》三卷」。宋朝晁公武《郡齋讀書志》卷三下小說類也列有《博異志》一條。其下解說云：右題曰古神子纂。不知撰人。志怪之書也。

未列卷數，更未列篇目。陳振孫《直齋書錄解題》卷十一小說類載：

> 《博異志》一卷，稱古神子，不知何人。所記唐初及中世事。

原列三卷的《博異志》，陳振孫讀到的，卻是一卷本。至於一卷中有多少篇，陳氏也未說明。

到了明朝，胡應麟所著《少室山房筆叢》卷三十六己部《二酉綴遺》中也有《博異志》一條。他說：

今刻本才十事，起敬元穎，止馬侍中。

我們今日所讀到的《博異志》是從陽山顧氏、十友齋宋本翻刻而來的世界書局世界文庫四部刊要本，只一卷，共十事，起「敬元穎，止馬侍中」，和胡氏所說相同。所載十事篇目為：

敬元穎　許漢陽　王昌齡　張謁忠　崔玄微
陰隱客　岑文本　沈亞之　劉方玄　馬侍中

我們閱讀《太平廣記》，找出其中有注「出《博異志》者，共二十二篇。」另有《張謁忠》、《邢鳳》即《沈亞之》、《劉方玄》及《馬燧》即《馬侍中》等四篇，所注出處不同，卻都見收在《顧氏十友齋本·博異志》中。又商務舊小說中《博異志》部份，編列二十篇。其中如第十一篇《張遵言》，《廣記》注「出《博異記》」。第十九篇《鄭潔》，《廣記》注「出《博異記》」（明抄本作「出《廣異記》」）。第二十篇《李全質》，《廣記》注「出

《博異記》」。我們不予列入《博異志》中討論。另第十三篇《閻敬立》，《顧氏十友齋本》和《廣記》俱未載。其餘十六篇則《廣記》中都有收入。我們現將三書按《廣記》次序列表於後，並與顧氏本《博異志》和舊小說《博異志》部分互相對照：

廣記篇名	卷次	篇次	博異志篇名	篇次	舊小說篇	次
陰隱客	20	1	陰隱客	6	陰隱客家工人	6
白幽求	46	1				
楊真伯	53	5				
馬奉忠	122	5			馬奉忠	12
趙昌時	153	9				
呂鄉筠	204	24			呂鄉筠	16
陳仲躬	231	11	敬元穎	1	敬元穎	1
王昌齡	300	6	王昌齡	3	王昌齡	3
李序	308	2				
李書	337	8				
沈恭禮	348	5			沈恭禮	16

薛淙	357	2				
張不疑	372	7				
劉希昂	373	2			劉希昂	10
楊知春	389	26				
蘇遏	400	25			蘇遏	14
岑文本	405	3	岑文本	7	岑文本	15
崔玄微	416	10	崔玄微	5	崔玄微	5
許漢陽	422	1	許漢陽	2	許漢陽	2
韋思恭	422	5			韋思恭	15
李黃	458	14				
木師古	474	13			木師古	9
張竭忠	428	7（註出博異記）	張竭忠	4	張竭忠	4
邢鳳	282	2（註出異聞錄）	沈亞之	8		
劉方玄	345	3（註出博異記）	劉方玄	9	劉方玄	7
馬燧	356	8（註出博異記）	馬侍中	10	馬侍中	8

從上表三書的篇章對照來計算，實有二十六篇之多。其中《陰隱客》一篇，《舊小說》題名《陰隱客家人》，實更切題。《廣記・馬燧》，其他二書均題名《馬侍中》。當係《博異志》著者為唐人，以馬的官名名篇，表示尊敬之意。《廣記》中的《邢鳳》，在《沈下賢文集》中題名《異夢錄》。實係亞之所撰。《廣記》中卷二八二第三篇題名《沈亞之》，卻是沈下賢文集中的《秦夢記》。也是亞之所撰。《博異志》中的《沈亞之》實是《異夢錄》。文字略有不同而已。《博異志》的著者將《異夢錄》收入其集中，而題名《沈亞之》，或是表示其文為亞之所撰。或是《沈亞之》下尚有《異夢錄》三字給遺漏了。

若以現有《博異志》一卷十篇文字標準來衡量，我們能找出二十六篇來，距離原書三卷的篇數，大概已相去不遠。

三、博異志的著者

《新唐書藝文志》所列「谷神子《博異志》」三卷，未說明「谷神子」究係何人。原書十事之前，還有一篇序文。序文中說：「只同求己，何必標明？是稱谷神子。」顯然谷神子是著者的筆名。而原書在「谷神子纂」之下，又有「名還古」三個小字。是否「谷神子」即是「還古」？而「還古」又是誰？這是我們要研討的另一個問題。

胡應麟說：

> 《博異志》稱谷神子撰，而無名姓。或曰「名還古」。此通考晁氏說。今刻此書，於「谷神子」下，注此三字。蓋本晁氏說，非本書舊文也。序稱有所指託，故匿其姓名。今刻本才十事，起《敬元穎》，止《馬侍中》。余讀之，詞頗雅馴，蓋亦晚唐稍能文者。視牛氏《玄怪錄》覺勝之。然語意亡所刺譏，於序文殊不合。後讀《廣記》、《御覽》諸書，乃知刻本抄集，所遺甚眾。僅得此書之半耳。第其所謂指託者，尚未得之。當續考。陳氏（按：當係晁氏之誤。誤晁公武為陳振孫也。）但言名還古，竟亡其姓。唐有詩人鄭還谷，嘗為殷七七作傳。其人正晚唐，而殷傳之文與事皆類。是書蓋其作也。（《筆叢》卷三十己部《二酉綴遺》中）

按：胡氏理直氣壯的一口認定《博異志》的著者谷神子便係晚唐詩人「鄭還古」。此外，《太平廣記》、《說郛》和《唐宋叢書》皆把《博異志》題名「鄭還古」著。余嘉錫《四庫提要辨證》卷十八也考定《博異志》的著者係鄭還古。

但清代的周中孚又認為胡應麟的說法太牽強。他說：

> 其書本不標名。而胡元瑞（即胡應麟）《二酉綴遺》因晁氏「或曰名還古」一語而證成為晚唐詩人鄭還古，真所謂「必求其人以實之」，則鑿矣！

究意誰是誰非，孰對孰錯？我們先不作結論。且就所能找到的資料，就鄭還古的生平、出身、經歷、心性等，先作一番檢討。

四、鄭還古其人

我們現在且來看，鄭還古究竟是甚等樣人。

清徐松《登科記考》卷二十七載：

> 鄭還古，元和進士第。見《唐詩紀事》。

徐松所根據的，是計有功所撰《唐詩紀事》第四十八卷《鄭還古》一條：

還古閑居東都，將入京赴選，柳當將軍者餞之。酒酣，以一詩贈柳氏之妓曰：「冶艷出神仙，歌聲勝管弦。詞輕白紵曲，歌遏碧雲天。未擬生裴秀，如何乞鄭玄？不堪金谷水，橫過墜樓前。」柳喜甚。曰：「專伺榮命，以此為賀。」未幾，還古除國子博士。柳見除目，即遣（妓）入京。及嘉祥驛而還古物故。乃放妓他適。還古登元和進士第。

按：唐國子學立博士五人，官位為正五品上。通常進士及第，又通過吏部的釋褐試之後，要從九品官做起。還古在任國子博士之前，應該還作了好幾任低於五品官位的官。只是，我們找不到有關的資料。

但由《唐詩紀事》的敘述，我們最少可確認兩點：一是他進士及第。一是他詩才頗佳。

其次，趙璘的《因話錄》卷三中也有一段述說鄭還古的文字：

滎陽鄭還古，少有俊才，嗜學，而天性孝友。初家青齊間。遇李師道漸阻王命，扶侍老親歸洛。與其弟自舁肩輿，晨暮奔追，兩肩皆瘡。妻柳氏，僕射元公之女也。婦道克備。弟齊古，好博戲賭錢。還古帑藏中物，雖妻之貲玩，恣其所用。齊古得之輒盡。還古每出行，必封管鑰付家人。曰：「留待二十九郎償債。勿使別為債息，為惡人所陷誤也。」弟感其意，為之稍節。有堂弟浪跡好吹觱篥，投許昌軍為健兒。還古使召之，自與沐浴，同榻而寢。因致書所知之為方鎮者，求補他職。姻族以此重之。而竟以剛躁，喜持論，不容於時。惜也。

按：趙璘於文宗太和八年（公元八三四年）進士及第。又於開成三年（八三八）登博學宏詞科。俱見《登科記考》及《唐尚書省郎官石柱題名考》。而鄭還古則早於元和（獻宗年號，共十五年，當公元八〇五至八二〇年）年間進士及第，較趙璘早二十年左右。我們估計：二人生年可能重疊了好大一段。趙璘《因話錄》中所述還古各節，可能是親眼所見，可信度甚為高。《博異志》序文中說：「或冀逆耳之辭，稍獲周身之誡。」確有一點趙璘所說「喜持論」的態度。

此外，我們又從《廣記》中找到四則有關鄭還古的故事。其一為出自薛用弱所撰《集異記》中之《蔡少霞》一篇。文中大意說：蔡少霞明經及第之後，不久於任兗州泗水丞時，在縣東買山築室而居。以備終老其地。有一天，他緣溪而行，在一處有濃密樹蔭之處休息。神思昏然，不覺睡著了。夢見一個褐衣鹿幘人領到一處，被令抄錄紫陽真人山玄卿所撰的《蒼龍溪新宮銘》。寫完之後，他又再誦讀了一遍，而後已牢記在心中。褐衣鹿幘人催他離去。他也就從夢中醒來。立即命筆疾書，把銘文默背出來。銘文甚佳，一時傳遍遠近。兗、豫好奇之人，都到蔡少霞處來問個究竟。有名鄭還古的人，特別「為立傳焉」。（見《廣記》卷五十五第三篇。）

這一點正足以說明：鄭還古嗜奇，而且好弄筆墨。

其二，《廣記》卷七十九第七篇《許建宗》，述說太和初（約公元八二七或八二八年），鄭還古和許建宗同住在濟陰郡東北六里的左山龍興古寺。寺前有水井一口，其水雖深，但有腥穢的氣味，顏色又鮮紅如血，不能飲用。大約三十幾天之後，許建宗提議和鄭還古到井邊一探究竟。戡察完畢，許建宗向寺僧要來朱甌紙筆，畫了一道符放進井中，並將水井加封。三天之後啟封，井水居然便變得清澈可飲，而且異常甘美。

唐時讀書人有到寺廟中專心研讀的習俗。鄭還古元和間（八二〇以前）已進士及第，不致於七八年之後再到寺廟中讀書。而且一住便是一個多月。本條所說太和初或許是元和初之誤。

其三，《廣記》卷一百五十九第七篇題名《鄭還古》，大意說：太學博士鄭還古婚刑部尚書劉公之女。納吉禮後，和道士寇璋宿昭應縣。當夜夢到自己乘車過小三橋，至一寺後人家成婚。屋主人姓房。醒後，他把經過寫出來，劉氏不久去世。後數年，還古至東洛，再娶李氏。於昭城寺後借屋設喜筵。屋主姓韓。正三橋。時房直溫為東洛少尹，乃李氏的姻親。筵饌之事，都由房直溫主持。還古記起從前的夢境遭遇，向賓客解說。大家都大為驚異。

文後注：出《逸史》。

按：唐太學博士的官位為正六品上，鄭還古當然是先作太學博士、再任國子博士（正五品上）的。只是此處說他討了刑部尚書劉家的小姐，和趙璘《因話錄》中說他娶的是柳元公（公綽）的女兒有出入。公綽曾歷刑部侍郎、禮部尚書、戶部尚書、左僕射等官職，或係《逸史》著者把「柳」記成了「劉」，把「侍郎」記成了「尚書」，一時也查證不出來。當續考。

其四，《廣記》卷一六八第三篇，也題名《鄭還古》，和前述《唐詩紀事》中的《鄭還古》條文字相近，故事相同。惟文後註云：「出《盧氏雜說》」。開頭說：

鄭還古東都閑居，與柳當將軍者甚熟。柳宅在履信東街，有樓臺水木之盛。（柳）家甚富，妓樂極多。鄭往來宴飲，與諸妓笑語既熟，因調謔之。妓以告柳。（柳）憐鄭文學，又貧，亦不之怪。

由這一段話看來，似乎鄭還古家境清貧。他何以能娶得柳元公的小姐？（或刑部劉尚書之女？）頗為不解。

此外，《廣記》卷三百四十八第四篇《李全質》，卻和谷神子有關。文中述說隴西李全質，夢見一紫衣圓笠之人，向他索取犀皮佩帶一條。全質睡醒之後，即令人畫了一條犀皮佩帶，外具酒脯錢紙，當晚到橫閣外焚化拜祝。其夜果然夢見紫衣圓笠人來道謝。並對李全質說：「足下平生有水厄。但危難之時，我一定會到場為你解救。」後來李全質果然數遇水患，最後都是一紫衣圓笠人助他脫困。

武宗會昌壬戌年，濟陰大水。谷神子和李全質同坐一船。谷神子看到李全質對水十分恐懼的樣子，因問他：「為何如此怕水？」李全質遂將全盤經過告訴谷神子。

文後注云：「出《傳異記》」。

廣記卷七十九「許建宗」篇述及鄭還古和許建宗同住在濟陰郡東北六里左山的龍興古寺，時為太和初（約當公元八二七、八二八年）。《李全質》篇說會昌壬戌年約當公元八四四年，相隔十數年之後，谷神子在濟陰出現。雖不敢說鄭還古便是谷神子，但也不無可能。

五、結語

由前節所引鄭還古的生平事蹟，我們大概可以確定幾點：

第一，鄭還古進士及第，而且「少有俊才，嗜學。」從《唐詩紀事》中，也可看出他的詩才。唐代傳奇、志怪都是進士輩所作。他若是要寫一部《博異志》能力上應該是沒有問題的。

第二、鄭還古聽說蔡少霞夢中書寫《新宮銘》，便也找到蔡少霞，詢訪原委，「為立傳焉」。胡元瑞說他還曾為殷七七作傳。由此可見，他很有寫故事的意願。也有寫故事的能力。

第三，鄭還古是元和年間進士及第的。他曾任太學博士，國子博士，《博異志》中所記都是唐初和中世的故事，若說《博異志》是他寫的，在時間上也絕無矛盾之處。

第四，鄭還古一生活動的地方，不離河南道。包括洛陽、濟陰、青、齊諸地。而谷神子也在濟陰出現。假如說谷神子便是鄭還古，以地緣關係和時間前後來說，也沒有矛盾不合之處。

基於上述四個理由，我們不敢肯定說《博異志》的撰人谷神子便是鄭還古。但胡元瑞肯定谷神子便是鄭還古，鄭還古便是《博異志》的作者，我們也提不出能反駁他的理由。

博異志序

谷神子纂

夫習讖談妖，其來久矣。非博聞強識，何以知之？然須抄錄見知，雌黃事類。語其虛，則源流具在。定其實，則姓氏罔差。既悟英彥之討論，亦是賓朋之節奏。若纂集克備，即應對如流。余放志西齋，從宦北闕。因尋往事，輒議篇題，類成一卷。非徒但資笑語，抑亦粗顯箴規。或冀逆耳之詞，稍獲周身之誡。只同求己，何必標名。是稱谷神子。

目次

一、敬元穎

天寶中❶，有陳仲躬家居金陵。多金帛。仲躬好學，修詞未成，乃攜數千金於洛陽清化里假❷居一宅。其井甚大，好溺人。仲躬亦知之。以靡有家室，無所懼。仲躬常習學不出。月餘日，有鄰家取水女子，可十數歲，恠❸每日來於井上，則逾時不去。忽墮井而溺死。井水深，經宿方索得屍。

仲躬異之。閑日，窺於井上。忽見水中一女子，年狀少麗❹，依時樣粧飾，以目仲躬。仲躬凝睇❺之，則以袂半掩其面微笑。妖冶之姿，出於世表。仲躬神魂恍惚，若不支持然。乃歎曰：「斯乃溺人之由也！」遂不顧而退。

後數月炎旱，此井水亦不減。忽一日，水頓竭。清旦，有人扣門云：「敬元穎請謁。」仲躬命入。乃井中所見者。衣緋綠之衣。其裝飾鉛粉，悉時製耳。

仲躬與坐而訊之曰：「卿何以殺人？」

元穎曰：「妾實非殺人者。此井有毒龍。自漢朝絳侯❻居於茲，遂穿此井。洛城內有五毒龍，斯其一也。緣與太乙❼左右侍龍相得，每為蒙蔽。天命追徵，多託故不赴集。好食人血。自漢以來，已殺三千七百人矣。而水不耗涸。某乃國初方墜於井，遂為龍所驅使。為妖惑以誘人，用供龍所食。甚為辛苦，情非所願。昨為太乙使者交替，天下龍神盡須集駕。昨夜子時已朝太乙矣。兼為河南旱，被勘責，三數日方回。今井內已無水。君子誠能命匠淘❽之，則獲脫斯難矣。如脫難，願終君子一生奉養。世間之事，無不致❾。」言訖便失所在。

仲躬乃當時即命匠。命一親信，與匠同入井中。囑曰：「但見異物即收。」至底無別物，唯獲古鏡一枚。面闊七寸七分。仲躬令洗淨，安匣中，焚香以奉之。斯所謂敬元穎也。

一更後，忽見元穎自門而入，直造燭前設拜。謂仲躬曰：「謝生成之恩，照濁泥之下。某本師曠❿所鑄十二鏡之第七者也。其鑄時，皆以日月為大小之差。元穎則七月七日午時鑄者也。貞觀中⓫，為許敬宗⓬婢蘭苕所墜。以此井水深，兼毒龍氣所苦，人入者悶絕，故不可取。遂為毒龍所役。幸遇君子正直者，乃獲重見人間耳。然明晨內，望君子移出此宅。」

仲躬曰：「某已用錢僦居⓭，今移出，何以取措足⓮之所？」

元穎曰：「但請君子飾裝，一無憂也。」言訖，再拜云：「自此去，不復見形矣。」仲躬遽留之。問曰：「汝以紅綠脂粉之麗，何以誘女子小兒也？」對曰：「某變化無常，各以所悅，百方謀策，以供龍用。」言訖，即無所見。

明晨，忽有牙人⑮叩戶，兼領宅主來謁仲躬。便請仲躬移居，夫役並足。未到齋時⑯，前至立德坊一宅中。其大小價數，一如清化者。其牙人云：「價值契本，一無遺闕。」並交割訖。

後三日，其清化宅井，無故自崩。兼延及堂隅東廂，一時陷地。

仲躬後文戰屢勝。為大官。有所要事，未嘗不如移宅之績效也。

其鏡背有二十八字，皆科斗書⑰。以今文推而寫之曰：「維晉⑱新公二年七月七日午時於首陽山前白龍潭鑄成此鏡，千年在世。於背上環書，一字管天文一宿。依方列之，則左有日而右有月。龜、龍、虎、雀，並如其位。於鼻⑲四旁題云：「夷則⑳之鏡」。

說明

一、本文依《太平廣記》卷二三一第十一篇《陳仲躬》、世界文庫四部刊要《博異志》與商務萬有文庫《舊小說》第五冊《博異志》等書校補訂正。後二書均以「敬元穎」名篇。《廣記》標題則為「陳仲躬」。

二、傳奇傳到今日，已一千餘年。翻刻、印刷，更兼水、火、兵災，難免錯、漏。欲還原成千餘年前之模樣，恐不可能。我們只能將各種版本予以比對，採取通順可讀性之原則，予以校訂董補。疏漏之處，在所難免。仍盼方家教正。

三、第一段：「乃攜數千金。」《廣記》本無「乃」字。《廣記》本「其井其大，常溺人。」世界本作「其井尤大，甚好溺人。」商務本作「其井甚大，好溺人。」

四、第二段：「有鄰家取水女子。」《廣記》無「子」字。「忽墮井而溺死。」廣記無「溺」字。

五、第三段：《廣記》作「其形狀少麗。」餘二書為「年狀少麗。」「年少狀麗」之意，言簡而意全。

六、第四段：「後數月炎旱。」《廣記》作「淡旱。」《廣記》「有人扣門云。」他二書「有」字下多一「一」字。

七、第五段：《廣記》作：「仲躬與坐，訊曰。」

八、第六段：「妾實非殺人者。」《廣記》無「實」字。「被勘責。」《廣記》無「被」字。「如脫難。」《廣記》作「若然。」「世間之事，無所不致。」《廣記》無「所」字。

九、第七段：「仲躬乃當時即命匠。」《廣記》無「乃」字。

十、第八段：「面闊七寸七分，仲躬令洗淨，安匣中。」《廣記》作「闊七寸七分。仲躬令洗淨，貯匣內。焚香以奉之，斯所謂敬元穎也。」世界本作「焚香以潔之。斯乃敬元穎者也。」

十一、第九段：「忽見元穎自門而入。」《廣記》作「元穎忽自門而入。」敬元穎自稱「貞觀中為許敬宗婢蘭苕所墮。」世界本作「蘭苕」。按敬宗在《新唐書》‧《姦臣列傳》中有傳，他元配死了，因喜歡一婢女，便把這名婢女假姓虞，娶為繼室。而這位婢女素來和敬宗的兒子許昂有染。結婚之後，還和昂有往來。敬宗一怒告了兒子一狀。兒子被發配蠻方。不知蘭苕是不是她的繼室、和許昂通姦的那位婢女！

十二、第十一段：《廣記》作「『某變化無常，非可具述。』言訖，即無所見。」較他二書少十二字。

十三、第十二段「明晨」，《廣記》作《明旦》。「並請仲躬移居。夫役並足。」《廣記》作「便請移居。並夫役並足。」

十四、第十四段，《廣記》作「文戰屢勝，為大官。」他二書無「為」字。

註釋

❶天寶——天寶是唐玄宗的年號，共十五年，自公元七四二至七五六年。安史之亂，玄宗奔蜀。肅宗李亨在靈武稱帝，尊玄宗為太上皇，改元至德元年。

❷假——租借。

❸恠——即「怪」字。

❹年狀少麗——年紀少，形狀美麗。

❺凝睇——睇本是「斜視」之意。凝睇，注目而視也。

❻絳侯——漢朝的周勃，和丞相陳平、朱虛侯劉章等除去漢高祖呂后所培植起來的呂氏，迎立代王為文帝。以功封絳侯。

❼太乙——《史記》《封禪書》上說：古來天子三年一用太牢（即牛），祭祀三位大神，即：天一、地一、太乙。太乙乃最大的三位神中之一位。

❽淘——洗去米中的泥沙叫「淘米」。取出井中的泥沙叫「淘井」。把金屑從泥沙中洗出來叫「淘金」。

❾無所不致——沒有得不到的。

❿師曠——春秋時晉國的音樂家。樂師。能辨音而知吉凶。按古時以銅為鏡，要鑄冶而成。

⓫貞觀——唐太宗的年號。共二十三年。從公元六二七至六四九年。

⓬許敬宗——唐初奸臣之一。善文章。無行。

⓭僦—租。

⓮措足之所—立足的地方。「何以取措足之所？」「怎麼找一個棲身之處？」

⓯牙人—即今日的仲介。經紀人。

⓰齋時—佛家說「過午不食曰齋。」齋時及午時。中午十二點鐘。

⓱科斗書—古文字的一種，非專家不能認識。

⓲維晉新公—維是發語詞，沒有意義。晉新公是春秋時晉國的國君。

⓳鼻—從前的鏡子是銅鑄的。背面常有一個隆起的鼻狀物，中間一個洞，可以將小繩子穿過洞，便於懸掛。一如針的有針鼻。

⓴夷則—十二律陰陽各六。陽六為律。五曰夷則。位於申，在七月。辰在鶉尾。《禮》月令：「孟秋之月，其音商。律中夷則。」注：「孟秋氣至，則夷則之律應。夷則者，大呂之所生。三分去一。律長五寸七百二十九分寸之四百五十一。」

語譯

唐玄宗天寶年間，金陵地方有一位叫陳仲躬的讀書人，家中很富有。他又很好學，學作文章，還沒考上什麼考試。於是他帶了好幾千金到洛陽，在清化里租了一處房子居住。其地取水之井相當大，常常有人溺死井中。頗為不祥。仲躬也知道。自忖尚無家室，沒有什麼好害怕的。他常閉戶讀書，很少外出。

一月之後，有一位鄰家的女兒，大約十幾歲。奇怪的是這位小姐每天來到井上，逗留相當久都不肯離去。忽然落入井中溺死。井水很深。隔夜才發現她的屍體。

陳仲躬覺得有些不尋常。有一天，他得閑到了井上，只見水中有一位小姐，粧飾入時，又年輕，又漂亮。她不時用眼睛看仲躬。仲躬回目注視她，她卻用袖子遮住臉微笑。妖冶之態，極盡挑逗之能事。仲躬不覺神魂恍惚，幾乎難以自持。他頓然覺悟，歎口氣，心想：「這便是井水溺人的原因所在了！」遂不再望一眼，從容退走。

其後數月，炎旱不已。井水卻仍然絲毫未減少。忽然有一天，井水突然枯竭。清晨，有人敲門說：「敬元穎請求拜見。」仲躬迎入，卻是他在井中曾見到的那位女郎——身著紅綠相間的衣服，裝飾入時。

仲躬請她坐。而後問她：「您為何殺人呢？」

元穎說：「我實際上不是殺人者。這口井裡有毒龍。漢朝時，絳侯周勃住在此地，挖了這口井。洛陽城內有五條毒龍，這口井的毒龍便是其一。牠和太乙大神左右的侍龍很要好，常得到牠們的幫助代為隱瞞劣行。天命追徵，牠也常常託故不應徵與集。牠的嗜好是喝人血。從漢朝到今天止，已經殺了三千七百人了。但井水從不乾涸。我是唐朝初年跌落井中，遂為毒龍所役使，為妖惑形態以誘人。受引誘的人墮井溺死，供毒龍食用。實在辛苦。也不是心甘情願的。昨天太乙使者新舊交接，天下龍神都必須前去會合。昨夜子時，牠已朝拜過太乙大神了。因為河南乾旱，牠已受到責罰，三天後才能回來。現在井中已沒有了水，誠心拜求君子令淘井匠下井淘治，則小女子才能擺脫這種苦難。如蒙援救脫難，當為您的一生效力、服侍。世間的事，我是無所不能。」說完話，便失去了身影。

仲躬當即僱工匠下井淘治。卻命一親信陪同入井。囑咐說：「只要看到奇異的東西，立即收取帶回來。」

到了井底，並無異物。只找到一面銅鏡。鏡面闊七寸七分。仲躬令將鏡洗乾淨，然後放在匣中，焚香供奉。這便是敬元穎了。

當晚一更後，忽然見到敬元穎自房門進入，直走到燭前叩拜。她對陳仲躬說：「謝謝先生救我於濁泥之中。我原是春秋時晉國樂師師曠塑鑄成的十二面鏡中的第七面。鑄鏡時，依照日月的前後而有大小的差別。元穎是七月七日午時鑄成。唐太宗貞觀年間，許敬宗的婢女蘭苕不小心把我掉落井中。井水既深，又有毒龍氣，凡入井者都會氣悶到昏迷，所以不敢撈取。遂為毒龍所驅使。幸好遇見君子是正直高人，某乃得重見人間。但是，仍希望君子明天早晨移居別處，離開這個房子。」

仲躬說：「我已花錢租了這個房子居住，若是搬走，要到那裡去歇腳呢？」

元穎說：「但請君子收拾行李，其他不必擔心。」再拜離去。說：「從此以後，再也看不到我了。」仲躬忽然挽留她。問她：「妳以花衣裳、胭脂水粉裝成美女，對於女子和小兒，怎麼能引誘他們呢？」元穎說：「我變化無常，各投所好。百方設法誘人落井，以供毒龍食用。」說完，便不見了。

次日晨，一位房屋仲介敲門，還帶了屋主來見仲躬。便請仲躬搬家，連搬運伕都全有了。午時之前，便到了立德坊一所住宅中，房屋的大小、租金，和清化里的住屋一樣。房仲又說：「價錢、契約，全都齊全。」當下交割完畢。

三日後，清化里的那口井，無緣無故的崩潰。連帶堂隅的東廂一併陷落。

其後，陳仲躬每考必中，作了大官。有緊要的事，都和清和里移家的情況一樣，有禱必應。

鏡背有二十八個字，都是科斗文。翻譯成今文為：「維晉新公二年七月七日午時於首陽山前白龍潭鑄成此鏡千年在世。」二十八字象徵二十八宿，依方向排列。左面又有日，右邊有月。龜、龍、虎、雀，各如其位。鏡鼻四旁題有字：「夷則之鏡」。

二、許漢陽

漢陽名商，本汝南人也。貞元中❶，舟行於洪、饒間❷。日暮，江波急，尋小浦墺入❸。不覺行三四里，到一湖，中雖廣而水才三二尺。又北行一里許，見湖岸竹樹森茂，乃投以泊舟。

漸近，見亭宇甚盛，有二青衣，雙鬟若鵶，素面如玉❹，迎舟而笑。漢陽訝之，而入以遊詞❺。又大笑，返走入宅。漢陽束帶上岸投謁❻。未行三數步，青衣延入內廳。揖坐云：「女郎等易服次❼。」須臾，青衣命漢陽入中門。見滿庭皆一大池。池中荷芰❽芬芳。四岸砌如碧玉❾。作兩道虹橋，以通南北。北有大閣。上階，見白金書曰：「夜明宮」。四面奇花異木，森聳連雲❿。青衣引上閣一層，又有青衣六七人，見漢陽列拜。又引上二層，方見女郎六七人，目未嘗睹，相拜問來由。

漢陽具述：「不意至此。」

女郎揖坐云：「客中止一宵。亦有少酒，願追歡⓫。」

揖坐訖，青衣具飲食。所用皆非人間見者。食訖，命酒。

其中有一樹，高數丈餘，幹如梧桐，葉如芭蕉。有紅花滿樹，未吐，大如斗盎⓬，正對飲所。一女郎執酒相揖。一青衣捧一鳥如鸚鵡，置飲前欄干上。叫一聲，而樹上花一時開，芳香襲人。每花中有美人，長尺餘，婉麗之姿，掣曳之服⓭，各稱其質。諸樂弦管盡備。其鳥再拜。女郎舉酒，衆樂俱作。蕭蕭泠泠，渺如神仙⓮。才一巡，已夕⓯。月色復明。

女郎所論，皆非人間事，漢陽所不測。時因漢陽以人間事雜之，則女郎一無所酬答。歡飲至二更已來畢，其樹花片片落池中，人亦落，便失所在。

一女郎取一卷文書以示。漢陽覽之，乃《江海賦》。女郎令漢陽讀之。遂為讀一遍。女郎請又自讀一遍，命青衣收之。

一女郎謂諸女郎兼白漢陽曰：「有《感懷》一篇，欲誦之。」

諸女郎及漢陽曰：「善。」

乃吟曰：「海門連洞庭⓰，每去三千里。十載一歸來，辛苦瀟湘水。⓱」

女郎命青衣取諸卷兼筆硯，令漢陽錄之。

漢陽展卷，皆金花之素，上以銀字扎之[18]，卷大如拱斗[19]。已半卷書過矣。觀其筆，乃白玉為管，硯乃碧玉，以玻璃為匣。硯中皆研銀水[20]。寫畢，令以漢陽之名押之[21]。展向前，見數首，皆有人名押署。有名仲芳者，有名巫者，有名朝陽者，而不見其姓。女郎遂收索卷。

漢陽曰：「有一篇欲奉和，擬繼此，可乎？」

女郎曰：「不可。此卷每歸呈父母兄弟，不欲雜爾。」

漢陽曰：「適以敝名押署，復可乎？」

曰：「事別，非君子所諭。」四更已來，命悉收拾。

揮霍[22]次，二青衣曰：「郎可歸舟矣。」

漢陽乃起。諸女郎曰：「欣此旅泊，接奉不得鄭重耳[23]。」悵悵而別。

歸舟忽大風，雲色陡暗，寸步黯黑[24]。至平明，方自觀夜來飲所，乃空樹林而已。

漢陽解纜，行至昨晚壖口江岸人家，見十數人，似有非常故，泊舟而訊之。曰：「浦口溺殺四人，至二更後，卻撈出，三人已卒，其一人，雖似活而若醉。有巫女以楊柳水灑拂禁呪，久而乃言曰：『昨夜海龍王諸女及姨姊妹六七人，過歸洞庭，宿於此處。取我輩四人作酒。緣客少，不多飲。所以我卻得來。』」

漢陽異之，乃問曰：「客者謂誰？」曰：「一措大耳㉕，不記姓名。」又云「青衣言諸小娘子苦愛人間文字而不可得，常欲請一措大文字而無由。」

又問：「今在何處？」「已發舟也。」

漢陽乃念昨宵之事，及感懷之什，皆可驗也。默然而歸舟。覺腹中不安，乃吐出鮮血數升，方知悉以人血為酒爾。三日方平。

說明

一、本篇據《廣記》、商務《舊小說》及世界本《博異志》三書校訂。似仍有脫漏處。標點符號亦是後加。

二、第一段，《廣記》作「許漢陽，本汝南人也。」另二書為「漢陽名商，本汝南人也。」廣記於「日暮」下，作「江波急，尋小埔路入。」

三、第二段，《廣記》作「雙鬟方鵶。」他二書「雙髻若鵶。」

四、第三段，《廣記》作「調以遊詞。又大笑，復走入宅。」

五、第四段，《廣記》作「青衣延入宅內廳。」

六、第五段，《廣記》作「滿庭皆大池。池中荷芰芬芳。四岸裴如碧玉。」「夜日宮」作「夜明宮」。

七、第六段「見漢陽列拜」，《廣記》作「見者列拜。」又「相拜問來由。」《廣記》作「皆拜問所來。」

八、第九段，《廣記》在「揖坐」之上，尚有「女郎」二字。

九、第十段起首，《廣記》作「其中有奇樹，高數丈，枝幹如梧。」末三句，他書作「才一巡，此夕月色復明。」

十、第十一段後半，《廣記》作「歡飲至二更，筵宴已畢。」以下三書相同。

十一、第十六段末句，《廣記》為「令漢陽與錄之。」

十二、第十七段「卷大如拱斗」，世界本與商務本無「斗」字。

十三、第十八段，「仲芳」，《廣記》作《仲方》。末句「而不見其姓。」《廣記》無「其」字。

十四、第二十一段，「此卷」《廣記》作「此亦」。

十五、第二十四段，「二青衣曰」，《廣記》作「一青衣曰」。

十六、第二十六段：「方自覲夜來飲所」，《廣記》無「方自」二字。

十七、第二十七段，《廣記》作「似有非常，因泊舟而訊之。」「歸過洞庭，宵宴於此。」

十八、第二十九段：《廣記》作「已發舟也。」他二書作「已發過也。」

十九、第三十段「默然而歸舟。」《廣記》作「漢陽默然而歸舟。」

註釋

❶貞元—唐德宗年號。共二十年（七八五至八〇四）。

❷洪、饒間—洪州約當今江西省之南昌。饒州約當今江西省之鄱陽。

❸江波急二句—世界本與商務本作「洪波，急尋小浦濡入。」因江水（當係指長江）波浪又急又大，尋一港灣暫避之意。浦、涯岸也。「濡」可能是「壖」之誤。壖，隙地也。

❹有二青衣，雙髻若鵶，素面如玉—有兩個婢女，頭上梳著兩個髻，像烏鴉一樣黑。臉蛋既白又有玉石的光彩。鵶即鴉。青衣、婢女。

❺入以遊詞—拿不甚正經的字眼來挑逗。

❻束帶上岸投謁—整裝上岸拜謁。

❼易服次—換衣服之際。

❽荷芰芬芳—荷，荷花。芰也是一種生在水中的植物，即菱。

❾四岸砌如碧玉—四岸所砌成的石，像碧玉一般。

❿森聳連雲——森是茂盛。說樹木繁茂，高聳入雲。

⓫追歡——追求歡樂。

⓬斗盎——盎，盆也。斗盎，很大的盆子。

⓭拏曳之服——拏曳，牽引之意。有如今日新娘服後面拖很長一段。

⓮蕭蕭冷冷，渺如神仙——蕭蕭，狀聲之詞。通常稱寒風之聲。蕭蕭冷冷，形容音樂的聲音，有如寒風的冷冷、蕭蕭。飄渺如神仙，不可捉摸。

⓯才一巡，已夕——酒過一巡，天色已暮。

⓰海門連洞庭——海門，地名。洞庭，指洞庭湖。

⓱瀟湘——湖南省境內之湘水，在雲陵縣西合瀟水，稱瀟湘。按：此詩宋洪邁選入其所著《唐人萬首絕句》中。

⓲金花之素，上以銀字扎之——灑有金粉的白紙。銀字扎之，可能是紙上又用銀色勾出字體為背景。

⓳卷大如拱斗，已半卷書過矣——整個長卷有兩手相合那麼大一捲，大半都已寫了字。（按：世界本與商務本都作「卷大如拱」，廣記則作「大如拱斗」。「拱斗」意思不明。）

⓴硯中皆研銀水——「銀水」可能是「銀朱」之誤。

㉑以漢陽之名押之——押，今日謂「簽字。」

㉒揮霍次——搖手曰揮，反手曰霍。揮霍原是形容快速的樣子。揮霍次，此處有「疾忙整理之際」的意思。

㉓欣此強泊，接奉不得鄭重耳——鄭重，殷勤也。意思是說：「很高興泊舟此地，未能好好的接待。」

㉔雲色陡暗，寸步黯黑——天色突然暗下來，寸步之間都是一片漆黑。陡，突然也。

㉕一措大耳——措大，士人也。

語譯

許漢陽名商，祖籍汝南。貞元年間，他乘船行於洪州與饒之間。天色黑了下來，波浪洶湧。他尋找一個小港灣暫避。船行了不覺三四里遠，來到一個湖中。湖似乎很大，水卻很淺，不過三兩尺。但見湖岸竹樹十分茂盛，因而擬泊舟休息。

漸近岸邊，只見一處亭臺樓閣，十分豪華。有兩個青衣女郎，烏黑的髮髻，粉白的面龐，對著船微笑相迎。

漢陽覺得很奇怪，拿不正經的話來挑逗。兩位女生大笑，返身進入宅第中。

漢陽乃穿得整整齊齊的上岸，投刺拜謁。才走了幾步，婢女帶領他進入大廳。揖請入坐。說：「小姐們正在更衣。」

不一會兒，婢女引漢陽進入中門。只見庭院是一個大池塘，池塘中荷花清香撲鼻。池塘的岸都是像碧玉一般的石塊砌成。池上又有兩道像彩虹形狀的橋，以通南北。北面有一個大閣。漢陽踏上臺階，看見閣上有白金字：「夜明宮」。閣的四面遍植著奇花異樹，繁茂高聳入雲。

婢女領他上一層閣樓，又有婢女六七人，見漢陽都下拜。又上到第二層閣樓，才看到有六七位女郎，從未見過的，互相作禮。因問漢陽何來。

漢陽具述經過。又說：「想不到來到此處。」

乃互相讓坐，一女郎說：「貴客遠來，且歇休一宿。略備酒菜，歡聚一下。」

婢女送上菜餚，都非人間所有。食訖，又命上酒。

閣旁有一棵樹，高數丈，樹幹如梧桐，十分挺直。葉大如芭焦。滿樹都是大如海碗的紅色尚未開的花。樹正好和飲酒之處相對。一女郎執酒杯對樹作揖，一個婢女捧著一隻像鸚鵡的鳥，放在飲酒處的欄杆上。鳥叫了一聲，樹上的紅花一齊開了。香氣襲人。每一朵花中都有一位美女，身高不過尺餘。卻都漂亮而有風度。都穿著合乎身分的曳著裙尾的衣服。各種管弦樂器都有。鳥兒再拜，女郎們舉酒相邀，於是樂聲大作，蕭蕭冷冷，飄渺如神仙。酒過一巡，不覺日暮，但明月高掛，清光四照。

女郎們所談論的，都不是人世間事。漢陽完全不懂。漢陽間或插入人世間事，女郎們也不知如何措詞。歡飲到二更時分結束。樹上的紅花一片片落入池中。其中小人也頓失所在。

一位女郎取出一卷文書給漢陽看，上面題名是《江海賦》。她要漢陽讀。漢陽讀了一遍，她自己也讀了一遍。之後，叫婢女收起來。

又一位女郎對眾女郎和漢陽說：「我有《感懷》一篇，想唸出來給大家聽。」

大家都說：「好。」

於是這位女郎乃開始唸道：「海門連洞庭，每去三千里。十載一歸來，辛苦瀟湘水。」

女郎唸完了，令青衣去拿書卷和筆，硯。要漢陽把這首詩抄錄在書卷中。

漢陽展開書卷，都是洒有金花的白紙，背景有銀色字樣。卷有兩手相合那麼多，一半已題了字。毛筆乃是白玉為管，硯臺是碧玉作的，放在玻璃匣中，硯中都有銀水。（此句費解，可能有漏字。）漢陽依囑寫完了，並在最後署了名。

打開書卷一些，看到自己所書字前面幾首詩，也都有人署名，有名仲芳的。有名巫的，有名朝陽的。但看不到姓。

女郎乃索回書卷。

漢陽說：「我想奉和原詩一篇，寫在後面，可以嗎？」

女郎說：「不可。這一卷每次歸去都要呈給父母看。不想把他人的作品混雜其中。」

漢陽說：「適才是以敝人的姓名押署的，如何又可以呢？」

女郎說：「事當別論，不是君子所了解的。」四更到了，乃命婢女收拾。

大家匆忙收拾之時，兩位青衣對漢陽說：「先生可以回船了。」

漢陽乃起身。諸位女郎說：「高興您泊舟此地，接待不週，尚請見諒。」彼此悵悵然別過。回到船上，忽然大風驟起，雲色陡暗。伸手難見五指，等到天亮了，回顧夜來飲食之處，只是一片空樹林。

漢陽解纜，船行到前晚小港口河岸人家，有十幾人聚在那兒，似乎發生了什麼不平常的事。漢陽泊舟再打聽。有人說：「港口溺死四人，三更後撈起。其中三人已死。另外一人，雖仍似活人，卻好像醉了酒。有一個女巫，拿了一枝楊柳枝，把淨水灑在那人身上，一邊唸著咒語。好一會兒，那人才醒了過來。他說：『昨天晚上海龍王的幾個女兒和姨姊妹六七人，經過此地回歸洞庭，在此過夜。將我們四人作酒。因為客少，喝酒不多，因此我才得留下一命。』」

漢陽覺得很奇怪，因問：「客人是誰？」答：「一個讀書人。姓名不記得了。」又說：「婢女們說小娘子苦愛人間文字而不可得，常想請一些士人寫字又沒有理由。」

漢陽又問：「她們現在在什麼地方？」說：「已經開船走了。」

漢陽想起前晚的事，和那首感懷詩，都有憑有據。乃默然回到自己船上。忽然覺得肚子不舒服，竟吐出好幾碗血。恍然悟到：原來那些龍女把人血當酒！三日之後，他才平復如初。

三、王昌齡

開元中，琅邪❶王昌齡自吳抵京國。舟行至馬當山，屬風便❷。而舟人云：『貴賤至此，皆合謁廟，以祈風水之安。』

昌齡不能駐，亦先有禱神之備。見舟人言，乃命使賫酒❸脯紙馬，獻於大王。兼有一量草履子❹，上大王夫人。而以一首詩，令使者至彼而禱之。詩曰：「青驄一匹崑崙牽❺，奉上大王不取錢。直為猛風波裏驟，莫怪昌齡不下船。」讀畢而過。

當市草履子時，兼市金錯刀子一副❻，貯在履子內。至禱神時，忘取之，誤幷履子將往❼。使者亦不曉焉。

昌齡至前程，偶覓錯刀子，方知誤幷將神廟矣。

又行數里，忽有赤鯉魚，長可三尺，躍入昌齡舟中。

昌齡笑曰：「自來之味。」呼使者烹之。既剖腹，得金錯刀子。宛是誤送廟中者。

昌齡歎息曰：「鬼神之情亦昭然。嘗聞葛仙公命魚送書。古詩有『剖鯉得素書。』今日亦頗同。」

說明

一、依據《太平廣記》、商務《舊小說》、世界文庫本《博異志》校訂。並予分段、加上標點符號。

二、第一段：《廣記》作「貴識至此，皆令謁廟。」「令」可能是「合」之誤。惟《廣記》缺「以祈風水之安」六字。

三、第二段，《廣記》作：「獻於廟。以草履致於夫人。題詩云：……猛風波滾驟……。」

四、第三段，《廣記》「履」字下無「子」字。又少了「使者亦不曉焉」一句。

五、第四段，《廣記》作：「求錯刀子，方知其誤。」

六、第五段，「長可三尺」，《廣記》作「可長三尺。」

七、第六段，《廣記》無「昌齡笑曰：『自來之味。』」八字。

八、第七段，《廣記》全無。

九、文中說「謁廟」，卻沒說什麼廟。「龍王廟」？還是什麼「大王」的廟？

註釋

❶琅邪王昌齡—唐時有所謂世族高門。最名貴的，為崔、盧、李、鄭、王等五姓。王氏以太原王最名貴。王昌齡、字少伯，江寧人（舊唐書作京兆人。此處從新唐書。）「此處琅邪王昌齡」，稱郡望。即門第。晉時世族，以王、謝、為最高。其次為朱、張、顧、陸。如王導，即屬琅邪王。唐世族子弟，若官位不高，通常愛于名前冠郡望。如：隴西李益、博陵崔護。

❷風便—順風之意。

❸賫—是齎的俗字。「付」的意思。

❹一量草履子—履，鞵也。即今日之所謂「鞋」。一量即一雙。

❺崑崙—唐時黑人奴婢稱崑崙。有名的傳奇「崑崙奴」，即是「黑奴」。

❻金錯刀子一副—錯刀子有二解。《漢書》《食貨志》載：「王莽居攝，變漢制，造大錢，又造契刀、錯刀。錯刀以黃金錯其文，曰：『一刀直五千』。刀長二寸，因係用黃金錯文，故稱金錯刀子。」又：切治玉石之具曰錯刀。

❼將—送。將往，送去。

語譯

唐玄宗開元年間，琅邪郡的王昌齡有一天由吳地去京國，乘船。船行至馬當山，起了順風。但船伕卻對他說：「無論貴客或賤民，只要經過此地，都要上岸拜謁神廟，以求順水安。」昌齡不能下船，但先已有拜神的準備。聽船伕說，便請船伕將自己所備好的酒、肉、紙馬、奉獻大王（當係龍王廟）。另有草鞋一雙，上呈大王夫人。而且寫了一首詩，請人在神前拜禱。詩曰：

青驄一匹崑崙牽，奉上大王不取錢。直為猛風波裡驟，莫怪昌齡不下船。

之後，船遂經過。

王昌齡買草鞋之時，同時買了一副金錯刀，放在鞋中。祭神之時，忘記取出。代為祭禱之人也未發覺。

船到了前一站，昌齡偶然找金錯刀子，才知道已誤送去神廟裡了。

船又行了四五里，忽然有一條三尺左右長的紅色鯉魚，跳入昌齡船中。

昌齡笑說：「自己送上來的美味。」叫傭人烹調。一破魚肚，發現魚肚中正有一副金錯刀子，宛然是自己誤送廟中的那一副。

昌齡感歎說：「鬼神的感情也是很清楚的。曾聽說葛仙公曾命令魚代為送信。古詩中有『剖鯉得素書。』的話。今天也有些類似呢。」

四、張竭忠

天寶中❶，河南緱氏❷縣東太子陵❸仙鶴觀常有道士七十餘人，皆精專。修習法籙❹，齋戒咸備。有不專者，自不之住矣。常每年九月三日夜有一道士得仙。已有舊例。至旦，則具姓名申報❺。以為常。其中道士，每年到其夜，皆不扃戶各自獨行，以求上昇之應。

後張竭忠攝緱氏令❻，不信。至時，乃令二勇士持兵器潛覘之。初無所睹。至三更後，見一黑虎入觀來。須臾，銜出一道士。

二人射之，不中，虎棄道士而去。

至明，並無人得仙。（二人）具以此白竭忠。

竭忠申府，請弓矢，大獵於太子陵東。石穴中格殺數虎。有金簡、玉籙、洎冠帔，及人之髮骨甚多。斯皆謂每年得仙道士也。

自後仙鶴觀中即漸無道士。今並休廢，為守陵使所居也。

說明

一、本文據《太平廣記》、商務《舊小說》及世界文庫《博異志》諸書校訂，並予以分段、加註標點符號。

二、括弧中字，為編者所加。

三、第二段：《廣記》為「乃令二勇士持兵器潛覘之。」世界本作「乃令二勇者以兵器潛覘之。」

四、第三段，世界本作：「二人遂射，不足。奔棄道士而往。」

五、第四段《廣記》作「至明，無人得仙者。具以此物白竭忠。」

六、第五段「謁忠申府請弓矢」，《廣記》少「謁忠」二字。又「或人之髮骨甚多。」《廣記》作「及人之髮骨甚多。」

註釋

❶天寶—唐玄宗年號，共十五年（七四二至七五六）

❷緱氏縣—唐縣名，在今河南省境內。

❸太子陵—古帝王的墓地稱陵。太子陵，太子墓地。

❹籙—符也。簿也。符命之書叫籙。

❺具姓名申報—向官府申報。有人失蹤了，自必申報主管官府。

❻攝緱氏令—代理緱氏縣縣令的職務。

❼有金箔、玉籙、洎冠帔及人之髮骨甚多—發現虎穴中有金色的書簡、玉製的符籙，和道人的冠、披風、以及人的毛髮骨頭，都非常多。洎音暨，也是「及」的意思。

語譯

唐玄宗天寶年間，河南緱氏縣城東邊的太子陵仙鶴觀，常有道士七十餘人，都很專心盡力，修習道家法籙。齋戒嚴謹。若有心不專者，便待不下去。每年九月三日夜，必有一位道士得道仙去。年年如此，成了慣例。到了次日，便將仙去者姓名申報。習以為常。觀中道士，每年九月三日夜，都不鎖上臥室的門。各自獨立，以求得昇仙的效應。

張竭忠代理緱氏縣令。他不相信有這樣的事。到了這天，他命令勇士兩人，拿了兵器，暗中觀察。夜暮降臨之始，什麼也沒發現。但三更過後，有一頭黑色老虎進入觀中。片刻之後，黑老虎銜出一個道士出觀門。

兩人用箭射牠，沒射中。黑老虎丟下道士逃跑了。

一直到天亮，並沒有人得仙。兩人據以回報張竭忠。

竭忠向知府申報，請派弓箭手與士卒，大獵於太子陵東。在一處石穴中格殺好幾頭老虎。發現穴中有道士的金簡、玉籙、冠帔道服，乃至於人的毛髮骨頭。數量相當多。這便是所謂每年成仙的道士了。

自此之後，仙鶴觀中的道士越來越少。後來完全沒有了。道觀成了守陵吏的住宅。

五、崔玄微

天寶❶中，處士❷崔玄微洛苑東有宅。耽道，餌朮及茯苓三十載❸。因藥盡，領童僕入嵩山采之。采畢方迴。

宅中無人，蒿萊滿院❹。時春季夜闌❺，風月清朗，（玄微）不睡，獨處一院。家人無故輒不到。

三更後，忽有一青衣人云：「君在苑中也。今欲與一兩女伴過至上東門表姨處。暫借此歇，可乎？」

玄微許之。

須臾，乃有十餘人，青衣引入。有綠裳者，前曰：「某姓楊。」指一人曰：「李氏。」又一人曰：「陶氏。」又指一緋衣小女曰：「姓石，名醋醋。」各有侍女輩。

玄微相見畢，乃命坐於月下。問出行之由。對曰：「欲到封十八姨。數日云，欲來相看，不得。今夕衆往看之。」

坐未定，門外報：「封家姨來也。」坐皆驚喜出迎。楊氏云：「主人甚賢，只此從容❻不惡。諸處亦未勝於此也。」玄微又出見。封氏言詞冷冷，有林下風氣。遂揖入座。色皆殊絕，滿座芳香，馞馞襲人❼。

處士命酒，各歌以送之。玄微志其❽二焉。有紅裳人與白衣送酒，歌曰：「皎潔玉顏勝白雪，況乃當年對芳月。沈吟不敢怨春風，自歎容華暗消歇。」又白衣人送酒歌曰：「絳衣披拂露盈盈，淡染臙脂一朵輕。自恨紅顏留不住，莫怨春風道薄情。」

至十八姨持盞，性輕佻，翻酒污醋醋衣裳。醋醋怒曰：「諸人奉求，余不奉求。」拂衣而起。

十八姨曰：「小女子弄酒❾。」皆起，至門外別。十八姨南去。諸子西入苑中而別。玄微亦不之異。

明夜又來。云：「欲往十八姨處。」醋醋怒曰：「何用更去封嫗舍？有事只求處士，不知可乎？」醋醋又言曰：「諸女伴皆住苑中，每歲多被惡風所撓。居止不安。常求十八姨相庇。昨醋醋不能低迴。應難取力。處士儻不阻見庇，亦有微報耳。」

玄微曰：「某有何力，得及諸女？」

醋醋曰：「但處士每歲歲日⑩與作一朱幡⑪，上圖日月五星之文，於苑東立之，則免難矣。今歲已過，但請至此月二十一日平旦，微有東風則立之，庶乎免於患也。」

處士許之。

乃齊聲曰：「不敢忘德。」拜謝而去。

處士於月中隨而送之，踰苑牆，乃入苑中，各失所在。依其言，此日立幡。是日，東風刮地。自洛南折樹飛沙。而苑中繁花不動。玄微乃悟：諸女曰姓李、姓陶，及衣服顏色之異，皆衆花之精也。緋衣名醋醋，即石榴也⑫。封十八姨乃風神也。

後數夜，楊氏輩復來媿謝。各裹桃李花數斗，勸崔生服之。「可延年卻老。願長於此住，衛護某等，亦可致長生。」

至元和⑬初，處士猶在。可稱年三十許人。言此事於時人，得不信也？

說明

一、依據《太平廣記》、段成式《酉陽雜俎》、顧氏文房本及《舊小說》校錄，並分段，附加標點符號。廣記注「出酉陽雜俎及博異記。」

二、第一段，文房本為「餌木伏苓三十載。」其他二書為「餌朮茯苓三十載。」按朮，一名山薊，有白朮和蒼朮二種，均係中藥。「入嵩山採之」，酉陽雜俎作「入山採芝」。

三、第二段：舊小說「時春季夜闃。」闃，靜也。文房本為「春季夜闃。」《廣記》與《雜俎》作「春季夜間。」雖也通順，但乏文采。以「春季夜闃」為是。

四、第三段，文房本作「在宛中住。」無解。《舊小說》作「在苑中住。」《廣記》作「君在院中也。」以《廣記》為是。和前「獨處一院」相呼應。《雜俎》無「忽」字與「人」字。

五、其後，文房本作「欲與一兩女伴過至上東門表裡處。」不如《舊小說》與《廣記》都作「令欲與一兩女伴過至上東門表姨處」之通順。

六、第五段《廣記》作「又指一緋小女」。餘二書為：「又指一緋衣小女。」後者為是。《廣記》與《雜俎》為「姓石名阿措。」餘二書為「姓石，名醋醋。」我們採後者。

七、第六段：《廣記》作「乃作於月下，問行出之由。」餘二書為「乃命坐於月下，問出行之由。」我們採後者。

八、第十段《廣記》作「諸人命酒。」餘二書為「處士命酒。」處士既忝為地主，由他命酒似較適切。

九、第十二段：顧氏文房本：醋醋怒曰：「諸人及奉求，余不奉求。」《廣記》為：阿措作色曰：「諸人即奉求，余即不知奉求耳。」不若《舊小說》之「諸人奉求，余不奉求！」簡短有力，充分顯出說話者的個性。

十、十三段、《廣記》作「小女弄酒！」餘二書為「小女子弄酒！」後者較佳。末句《廣記》作「玄微亦不知異。」不如其他二書之「玄微亦不之異。」

十一、第十五段《廣記》作「諸侶皆住苑中。」餘二書為「諸女伴皆住苑中。」後者較佳。

十二、十七段末，《廣記》作「微有東風即立之。」餘二書為「微有東風則立之。」吾從眾。

十三、十八段《廣記》作「玄微許之。」餘二書為「處士許之。」後者為是。

十四、第二十段《廣記》作「東風振地。」餘二書為「東風刮地。」後者清晰明瞭。

十五、第二十一段，《廣記》作「復至媿謝。」餘二書作「復來媿謝。」意義相同。

十六、最後一段，《廣記》與《雜俎》在「可稱年三十許人」後，尚有「又尊賢坊田弘正宅中門外有紫牡丹成樹。發花千餘朵。花盛時，每月夜，有小人五六，長尺餘，遊於花上。如此七八年。人將掩之，輒失所在。」但並無其他兩書的「言此事於時人，得不信也？」兩句話。

十七、文中多處《廣記》與《雜俎》稱「玄微」，其他二書稱「處士」。《廣記》與《雜俎》稱「阿措」，其他二書成「醋醋」。唐女子愛「雙文」，如崔鶯鶯、王蓮蓮、王蘇蘇、張住住、鄭舉舉等是。（見《北里志》），故我們採用「醋醋」。

註釋

❶天寶——唐玄宗年號，共十四年（自七四二至七五五）。

❷處士——有學行之士、隱居不仕者。

❸耽道二句——耽，樂於。即好修道，以朮和茯苓為食物，達三十年之久。朮、菊科野生草本植物。有白朮和蒼朮之分。茯苓為寄生松根的菌類，也有赤、白之分。古人認服此二物可延年益壽。俱係中藥。

❹蒿萊滿院——蒿、萊，都是雜草。

❺夜闃——夜靜。

❻從容——從容本是形容一個人的行動舒緩有緻。此處用來形容地方的合適。
❼滿座二句——一座皆香，香味襲人。馞馞，香貌。雜俎作「馥馥襲人。」
❽志——與「記」通。
❾弄酒——裝酒瘋。
❿歲日——元旦。
⓫朱幡——紅顏色的旛。旛，旗也。
⓬緋衣二句——《廣記》作「緋衣名阿措，即安石榴也。」安石榴，也就是石榴。
⓭元和——憲宗年號，共十五年（八〇六至八二〇）。自天寶中到元和初，已五十餘年。而崔玄微在天寶中便吃了三十年的朮和茯苓。假如他二十歲開始吃，到天寶中已五十餘歲。到元和初已超過一百歲。而看起來才三十左右。當然是吃了花精之故。

語譯

唐玄宗皇帝天寶年間，有一位叫崔玄微的處士，在洛苑東有一所住宅。玄微酷好道，經常吃朮和茯苓，達三十年之久。藥吃完了，便率領僮僕入嵩山採藥。採完藥再回家。宅中無人，院子裡長滿了雜草。有一個春天的夜晚，夜深人靜，風清月朗。玄微尚未入睡，他一人獨處一院。家人無事不會入院中。

三更天後，忽然有一個青衣女婢來向他說：「原來先生在苑中。我們有兩三位女伴擬到上東門表姨處，暫借貴處稍作歇息，可不可以呢？」

玄微點頭同意了。

片刻之間，有十來人，由青衣女婢前導，進入院中。有一位穿綠衣裳的女郎上前說：「小姓楊。」指一人說：「這位是李氏。」又指一人說：「陶氏。」又指一紅衣小姑娘說：「這位姓石，名醋醋。」每人都有侍女。

玄微和各人相見畢，請大家在月下就坐。問起她們出行的目的。一人答道：「想去探望封十八姨。幾日前說要來相看。不見來。今晚大家想去看她。」

大家還沒坐好，門外有人報說：「封家姨來了。」於是在坐的都驚喜起身相迎。

楊氏說：「此處主人甚為賢慧，在這裡合適不錯。別處都比不上這兒好。」

玄微和封氏相見。封氏言詞冷冷的，有林下之風。遂相揖入座。眾女客都甚美麗。滿座芳香，香氣沁人。

玄微要傭人送上酒來。各女郎都歌唱送酒。玄微只記得兩首。

紅裳女郎與白衣女郎送酒，歌曰：

皎潔玉顏勝白雪，況乃當年對芳月。
沈吟不敢怨春風，自歎榮華暗消歇。

又白衣人送酒歌曰：

絳衣披拂露盈盈，淡染胭脂一朵輕，
自恨紅顏留不住，莫怨春風道薄情。

至十八姨持盞，她態度不甚嚴肅，打翻酒杯，沾污了醋醋的衣服，醋醋生氣說：「大家求妳，我可不求妳。」拂衣而起。

十八姨說：「這小姑娘發酒瘋。」也起身。大家只好都起身，把十八姨送到門外。互相道別。十八姨往南。女郎門西入苑中而別。玄微也不感到有何怪異。

第二天晚上，眾人又來到。說是「要去十八姨處」。

醋醋發脾氣說：「那裡用得到再去封嫗處？有事只要求處士幫忙，不可以嗎？」

醋醋又發言說：「各位女伴都住在苑中。每年都受到惡風的欺侮。大家都感到不平安。所以常常懇求十八姨庇護。昨天醋醋不肯低頭，應該得不到封十八姨的相庇了。處士若願相助庇護，我們也會知恩圖報的。」

玄微說：「我有什麼能力？得庇及諸位呢？」

醋醋說：「但請處士每年元旦作一朱幡，上面畫上日月五星，將幡在苑東立起，便可免難。今年元旦已過。但請在這個月的二十一日清晨，若有微小的東風，便將幡立起，便可免患了。」

處士一口答應了。

眾女於是齊聲道謝。說：「不敢有忘大德。」拜謝之後離去。

處士在月光下送走各人。只見她們跨過苑牆，進入苑中，然後全不見了。

崔玄微乃在當天立幡。其日，東風自洛南而來，吹折樹木，揚起塵沙。而苑中的繁花安然不動。玄微才悟到：諸女稱姓李、姓陶，以及她們衣服顏色之各異。她們應該是眾花之精。緋衣名醋醋的，即是石榴。封十八姨乃是風神。

後數夜，楊氏等前來道謝。各贈桃花李花數斗、對崔玄微說：「經常服用，可以延年卻老。希望能常住此處，庇護我們。而您也可以長生。」

唐憲宗元和初，五十餘年後，處士仍然健在，看起來像三十來歲。他把一切經過告訴時人，能不信嗎？

六、陰隱客家工人

神龍❶元年，房州竹山陰隱客，家富，莊後穿井二年，已濬❷一千餘尺而無水。隱客穿鑿之志不輟。二年外一月餘，工人忽聞地中雞犬鳥雀聲。更鑿數尺，傍通一石穴。工人乃入穴探之。初數十步，無所見。但捫壁❸而傍行。俄轉有如日月之光。遂下其穴，下連一山峰。

工人乃下於山，正立而視。乃別一天地。日月世界❹。其山傍向萬仞❺，千巖萬壑，莫非靈景。石盡碧琉璃色。每巖中，皆有金銀閣闕❻。有大樹，身如竹，有節。葉如芭蕉。又有紫花如盤。五色蛺蝶，翅大如扇，翔舞花間。五色鳥，大如鶴，翱翔乎樹杪。每巖中有清泉一眼，色如鏡。白泉一眼，白如乳。

工人漸下至宮闕所，欲入詢問。行至闕前，見牌上署曰：「天桂山宮」。以銀字書之。門兩閣內，各有一人驚出。各長五尺餘，童顏如玉。衣服輕細，如白霧綠烟。絳唇皓齒❼，鬚髮如青絲。首冠金冠而跣足❽。顧謂工人曰：「汝胡為至此？」

工人具陳本末。

言未畢，門中有數十人出云：「怪有昏濁氣。」令責守門者。二人惶懼而言曰：「有外界工人，不意而到。詢問次，所以未奏。」

須臾，有緋衣一人傳敕曰：「敕門吏禮而遣之。❾」

工人拜謝。未畢，門人曰：「汝已至此，何不求遊覽畢而返？」工人曰：「向者未敢，倘賜從容❿，乞乘便而言之。」

門人遂通一玉簡⓫入。旋而玉簡卻出。門人執之，引工人至清泉眼，令洗浴及澣衣服。又至白泉眼，令盥漱之。味如乳，甘美甚。連飲數掬⓬，似醉而飽。遂為門人引下山。

每至宮闕，只得於門外，而不許入。如是經行半日，至山趾⓭，有一國城，皆是金、銀、珉玉⓮為宮室。城樓以玉字題云：「梯仙國」。

工人詢曰：「此國何如？」

門人曰：「此皆諸仙初得仙者，關送⓯此國，修行七十萬日，然後得至諸天，或玉京、蓬萊、崑閬、姑射⓰，然（後）方得仙官職位，主籙、主符、主印、主衣⓱，飛行自在。」

工人曰：「既係仙國，何在吾國之下界？」

門人曰：「吾此國是下界之上仙國也。汝國之上，還有仙國如吾國。亦曰梯仙國，一無所異。」言畢，謂工人曰：「卿可歸矣。」遂卻上山，尋舊路。又令飲白泉數掬。欲至山頂求來穴。門人曰：「汝來此雖頃刻，人間已數十年矣。卻出舊穴，應不可矣。待吾奏請通天關鑰匙，送卿歸。」

工人拜謝。

須臾，門人攜金印及玉簡，又引工人別路而上。至一大門，勢侔⑱樓閣，門有數人，俯伏而候。門人示金印，讀玉簡，劃然開門。門人引工人上。才入門，為風雲擁而去。因無所睹，惟聞門人云：「好去，為吾致意於赤城貞伯。」

須臾雲開，已在房州北三十里孤星山頂洞中。出後，詢陰隱客家。時人云：「已三四世矣。」開井之由，皆不能知。工人自尋其路，惟見一巨坑，乃崩井之所為（致）也。時貞元七年⑲。工人尋覓家人，了不知處。自後不樂人間，遂不食五穀，信足而行。數年後，有人於劍閣雞冠山側近逢之。後莫知所在。

說明

一、本文據《廣記》、《舊小說》、顧氏文房本《博異記》諸書校訂，並分段添加標點符號。

二、顧氏文房小說本《博異志》與《廣記》均題名《陰隱客》，事實上全文所記的乃是陰隱客家穿井工人的遭遇，是以我們依《舊小說》，把題目也列為《陰隱客家工人。》

三、第一段《廣記》作「俄轉有如日月之光。」他二書作「轉會如日月之光。」《廣記》較通順。

四、第二段《廣記》作「翱翔樹杪。」他二書作「翱翔乎樹杪。」

五、第三段，《舊小說》為「欲入內詢問。」他二書無「內」字。

六、第五段，《廣記》作「詢問途次。」餘二書無「途」字。

七、第八段，《廣記》作「令盥漱之」，他二書為「令與漱之。」

八、第十段，《廣記》作「工人尋於門人曰」。他二書為「工人詢曰」。

九、十三段，《廣記》作「一無所異」。他二書作「異無所異」。

十、十三段，《廣記》作「臨至山頂求穴」。他二書為「欲至山頂求來穴」。《廣記》作「人間以數十年矣。」他二書為「已人間數十年矣。」

十一、十五段，《廣記》為「門人示金印。」他二書為「門人視金印。」

註釋

❶神龍—唐中宗的年號。神龍元年約當公元七〇五年。

❷濬—說文：「川淺則不通利，濬之所以通之也。」此處謂鑿通井，以期找到水。

❸捫壁而行—摸著岩壁行走。光線不足，故得摸著石壁行走。

❹別一天地，日月世界—另是一番有太陽有月亮的世界，和人間不同也。

❺仞—七尺為一仞。也有說八尺為一仞的。我們從中華書局的辭海，認為七尺為一仞。

❻金銀閭闕—閭，門也。闕，門上之樓觀。所謂觀，因係樓，由上可觀看風景，故曰觀。

❼絳唇皓齒—紅紅的嘴唇，白白的牙齒。

❽跣足—赤著足，未穿鞋。跣，足親地下。

❾敕門吏禮而遣之—命司門吏有禮貌的把那位工人打發走。

❿倘賜從容—若讓我們稍為從容不迫一點。即「讓我們慢慢的、流連一下下」的意思。

⓫玉簡—古來以竹、木為書。竹曰簡，木曰牒，或曰牘。玉簡，把玉作為書寫的材料而作成的文書便是玉簡。即今日的文書、文件。

⓬連飲數掬──把兩手合起來取水，取滿了，叫一掬。

⓭山趾──山腳。

⓮珉玉──像玉石的石頭叫珉。

⓯關送此國──「關」有「打通」的意思。換句話說：經過一番手續的意思。如：關說。關送應是要「經過一道手續送來。」

⓰玉京、蓬萊、昆閬、姑射──都是神仙所住的地方。姑射的「射」字，讀如「夜」。諸天，有如人間的各城市。

⓱主籙、主符、主印、主衣──主，管理、主持。籙、籍也，簿、書也。

⓲俟──次於。勢俟樓閣，和樓閣差不多。

⓳貞元七年──貞元為唐德宗年號。七年約當西元七九一年。工人神龍元年至「梯仙國」，至貞元七年返回，共歷了八十六年之久。

語譯

唐中宗皇帝神龍元年，房州竹山的陰隱客，家頗富有。住家莊後鑿井一千餘尺深，卻仍未見水。但陰隱客仍不肯放棄，繼續開鑿。兩年一月左右，工人忽然聽到地中有雞犬鳥雀之聲。再鑿數尺，傍通一石洞。工人乃入洞中察看。開頭數十步什麼也沒看見。工人摸著洞壁前進，突然發現有光透入洞中。出洞一看，下面便是一個山峰。

工人下山，站住瞭望，發現另是一個天地，日月世界。山傍向有七八萬尺高，其間千巖萬壑，都是仙境。石岩盡作碧琉璃色。每一山巖中都有金銀宮闕。又有大樹，樹有節，類似竹子、葉似芭蕉。又有紫色花朵，大如盤。五色蝴蝶，翅大如扇，飛翔花間。又有五色鳥，其大如鶴，翔於樹杪。每一巖中都有兩眼泉、其一色如鏡。其一白如乳。

工人漸漸下到宮闕所在，想進屋內詢問。走到宮前，見門牌上署曰：「天桂山宮」。點劃俱是銀色。門內兩閣，各有一人驚慌而出，其人長曰五尺有餘，童顏如玉，衣服輕細，似霧似煙。齒白唇紅，鬢髮若青絲。戴著金冠，卻赤著兩腳。問工人：「你是怎麼來到這裡的？」

工人把原原委委都告訴了他們。

話還沒說完，門中走出數十人，都說：「好怪有昏濁氣味！」要求責罰守門人。兩人很惶恐的說：「有外界工人，無意中來到此地，正在詢問，還沒來得及上奏。」

不一會，一個穿紅衣服的人出來傳令說：「合守門吏以禮把來人送走。」

工人拜謝。還沒告謝完，門吏說：「你既然已來到此地，何不請求遊覽一番再回去呢？」

工人說：「剛才是不敢開口。倘賜准稍作留連，請乘便代為請求。」

門吏於是把一個玉簡送進去，玉簡旋即送了回來。門吏拿著玉簡，領工人到清泉旁，要他沐浴和洗淨衣衫。再領他到白泉眼，令盥漱。只覺味道像乳。工人連飲了幾口，好似醉了似的。也飽了。這才由門吏領下山。

每到宮闕處，只得在門外觀看，不得進入。這樣走了半天，最後來到山腳。有一道城。全用的是金、銀、和類似玉石的石材建造的宮、室。城樓上有用玉作的字：「梯仙國」。

工人問：「『梯仙國』是怎麼一個國？」

門吏說：「凡是初得成仙者，都要經過一道手續送來此地，修行七十萬日，然後才可以到諸天，或玉京、蓬萊、崑閬、姑射等地，才能得到仙宮的職位：主籙、主符、主印、主衣。能自在飛行。」

工人又問：「既是仙國，為何還在我們國的下方呢？」

門吏說：「我們此國是下界的上仙國。你們國之上，還有像我們國一樣的，也叫梯仙國，完全相同。」說完，又對工人說：「你可以歸去了。」於是回到山上，尋舊路。門吏再要他喝了幾口白泉。工人想從來的山洞回去。但門吏說：「你來此雖然只一會兒功夫，人間已經過了好幾十年了。要從舊時來的山洞回去，應該不可能了。等我奏請通天關的鎖匙，送你歸去。」

工人拜謝。

一會兒，門吏拿了金印和玉簡，領工人自別路上山。到了一處大門，樣子像樓閣。門有好幾人，俯伏聽令。門吏給他們看金印、讀玉簡，門劃然大開。門吏引工人走上前、才入門，便為風雲擁護而去。什麼也看不見。只聽得門吏說：「請為我向赤誠貞伯問候。」

須臾雲開，發現自己已到了房州北面三十里的孤星山山頂洞中。出洞後，詢問陰隱客家。時人告訴他說：「已三四世了。」開井的事，也沒人知。工人自己尋路去找，只看到一個大坑。原來井已崩陷了。時為貞元七年。（距神龍元年已八十六年！）

工人尋覓家人，也不知處。自後不樂人間。遂不食五穀。信足閑走。數年後，有人在劍閣雞冠山附近見到他，其後便不知所在。

七、岑文本

貞觀中❶，岑文本❷下朝，多於山亭避暑。日午時，寐初覺，忽有扣山亭院門者。藥豎❸報云：「上清童子元寶，故此參奉。」文本性素慕道，束帶命入。乃年二十已下道士。儀質爽邁，衣服纖異❹。冠淺青圓角冠，衣淺青圓角帔，履青圓頭履。衣服輕細如霧，非齊紈魯縞❺之比。

文本與語，乃曰：「僕上清童子，自漢朝而果成。本生於吳。已得不凝滯❻之道。遂為吳王進入見漢帝。漢帝有事，擁遏教化，不得者無不相問❼。僕嘗與方圓同下，皆得通暢。由是自文、武二帝，迄至哀帝，皆相眷❽。王莽作亂，方出外方。所至皆沐人憐愛❾。自漢成帝時，遂厭人間。乃尸解而去。或秦或楚，不常厥居❿。聞公好道，故此相謁耳。」

文本詰以漢、魏、齊、梁間君王社稷之事，了了如目睹。

因言：「史、傳間屈者、虛者亦甚多。」

文本曰：「吾人冠帔，何制度之異？」

對曰：「夫道在於方圓之中。僕外服圓而心方正。相時之儀也⓫。」

又問曰：「衣服皆輕細，何土所出？」

答曰：「此是上清五銖服。」

又問曰：「比聞六銖者，天人衣，何五銖之異？」

對曰：「尤細者，則五銖也。」

談論不覺日晚，乃別去。才出門而忽不見。

文本知是異人。乃每下朝即令伺之。到則話論移時。後令人潛送，詣其所止⓬。出山亭門，東行數步，於院牆下瞥然而沒。

文本命工力掘之三尺，至一古墓。墓中了無餘物，唯得古錢一枚。文本方悟：「上清童子」是「青銅」，名「元寶」，錢之文也。「外圓心方」，錢之狀也。「青衣」，銅衣也。「五銖服」亦錢之文也。「漢時生於吳」，是漢朝鑄五銖錢於吳王也。

文本雖知之，而錢帛日盛。至中書令。十年，忽失古錢所在。文本遂薨。

說明

一、本文錯誤甚多，雖據《廣記》、《舊小說》世界文庫諸版本予以校錄，仍有一、二處頗費解。標點符號則係編者所加。

二、第一段，《廣記》作「履青圓頭履。」《舊小說》同。顧氏文房本「履」下缺「清圓頭履」四字。

三、第二段，《廣記》作「由是自著文、武二帝，迄至哀帝。」《舊小說》同。顧氏文房本無「著」字。

註釋

❶貞觀—唐太宗年號。共二十三年，自公元六二七至六四九年。

❷岑文本—字景仁，鄧州棘陽人。歷任秘書郎、中書舍人、中書令。《新舊唐書》均有傳。

❸藥豎—童僕之未冠者曰豎。藥豎，煎藥的小僮。

❹儀質爽邁，衣服纖異——儀表清爽，氣質穩健。衣服細緻特別。按「邁」為「老」的意思。此處所說「邁」，表示其人態度沈穩也。

❺齊紈魯縞——絲織之細絹曰紈。縞、白色絹。從前齊地的紈、魯地的縞，品質高於其他地方。

❻已得不凝滯之道——不凝滯，暗示「流通」、「流暢」之意。其人本五銖錢所化，錢為貨幣，貨幣當然要流通。

❼擁遏教化，不得者無不相問——這兩句話費解。想係抄刊有誤。

❽相眷——眷顧。

❾沐人憐愛——受到人們的愛惜。

❿不常厥居——居處不定。

⓫相時之儀也——因時代不同而服裝不同。

⓬詣其所止——抵達他所棲止的地方。

語譯

唐太宗貞觀年間，朝官岑文本每下朝後，多到山亭避暑。一天午時，午睡初醒，忽有人扣山亭院門。藥童來報告說：「有一位上清童子名元寶的來參見。」文本素來好道，因此穿好衣服出來見客。客人是一個二十歲不到的道士。儀容氣質，清爽豪邁、衣服非常纖細奇異，頭上戴的是淺青圓角冠，衣服是淺青圓角帔，腳上穿的是青色圓頭鞋。衣服的質料非常輕細，好似一層霧。不是齊紈魯縞那些衣料能相比的。

文本和他交談。

他說：「僕係上清童子，自漢朝修成正果。原出生於吳地，已得到暢通不滯的大道。因此吳王帶到漢帝前。漢帝有事，有困難，都找我相商。我和方圓同工合作，皆得圓滿通暢。由是，自文帝武帝，甚至到了哀帝，對我都眷顧有加。王莽作亂，才往外方。所至之處，都頗得人愛顧。漢成帝時，我厭絕人間，才屍解而離去。其後或秦或楚，居處不常，聽說吾公好道，故來相謁。」

文本問起漢、魏、齊、梁間君王和社稷之事，他都能道出，了如目睹。

因而說：「史、傳中所載，受屈的、虛假的，也很多。」

文本說：「我們的冠帔，和您的冠帔，為何制度相差甚多？」

對曰：「道在方圓之中。我外服圓而心方正，因時代而有異。」

又問：「衣服皆輕細，是什麼地方的產品？」

答曰：「這是上清五銖服。」

又問：「聽說六銖服，是天人衣，和五銖有何不同？」

對曰：「比較更細的，則是五銖。」

說了許多話，不覺天將晚。上清童子因而告辭。才出門便不見了。

岑文本知道他一定是位異人。每次下朝，便令人等候。到了，總是談論甚久。後來，童子告別時，文本便派人暗中相送，看他住在什麼地方。那位上清童子，一出山亭門，往東走幾步，到了院牆下，便忽然不見了。

文本命工人苦力在其處掘地三尺，便掘到一個古墓。墓中只有古錢一枚，別無他物。岑文本才恍然大悟。「上清童子」是青銅。名「元寶」，錢上的文字。「外圓心方」是錢的形狀。「青衣」是銅衣。「五銖服」也是錢上的文字。「漢時生於吳」，是漢吳王鑄五銖錢。

岑文本仕途得意，錢帛日盛，官至中書令。十年，忽失古錢所在。文本也就去世了。

八、沈亞之

元和十年，沈亞之始以記室❶從事隴西公❷軍涇州。而長安中賢士皆來客之。五月十八日，隴西公與客期宴於東池便館。既坐，隴西公曰：

「少從邢鳳游。鳳帥家子，無他能。後寓居長安平康里南，以錢百萬，質❸故豪洞門曲房之第。即其寢而晝偃❹，夢一美人，自西楹❺來，環步從容，執卷且吟。為古粧而高鬟長眉。衣方領繡帶，被廣袖之襦❻。

「鳳大悅，問麗人：『何自而臨我哉？』

「美人笑曰：『此妾家也，而君容於妾宇下，焉有所自？』

「鳳曰：『願示其書目。』

「美人曰：『妾好詩而常綴此。』

「鳳曰：『麗人幸少留，得賜觀覽。』

「於是美人授詩，坐西床。鳳發卷，視其首篇，題之曰『春陽曲』。終四句。其後他篇，皆數十句。

「美人曰：『君欲傳之，無令過一篇。』

「鳳即起從東廡下几上取彩箋，傳春陽之曲。其詞曰：『長安少女踏春陽，何處春陽不斷腸？舞袖弓彎渾忘卻，羅幃空度九秋霜。』❼

「鳳吟卒，請曰：『何謂弓彎？』

「曰：『妾昔年父母教妾此舞。』美人乃起，整衣張袖，舞數拍為弓彎之狀以示鳳。

「既罷，美人低頭良久，即辭去。

「鳳曰：『願復少從容。』須臾間，竟去。鳳亦旋覺。昏然忘有所記。鳳更衣即於懷袖中得其詞，驚視方省所夢。時貞元中也❽。」

又吳興姚合謂亞之曰：

「吾友王炎云：元和❾初，夕夢遊吳。侍吳王。久之，聞宮中出輦，鳴簫擊鼓，言葬西施。王悲悼不止，立詔詞客作輓歌。炎遂應教作西施挽歌。其詞曰：『西望吳王闕，雲書鳳字牌。連江起珠帳，擇土葬金釵。滿地紅心草，三層碧玉階。春風無處所，淒恨不勝懷！』進詞，王甚嘉之。乃悟，能記其實。

「炎，太原人也。」

說明

一、本文以《博異志》為本，以《廣記》、《沈下賢文集》諸書校補。

二、沈下賢文集題名《異夢錄》。《廣記》卷二八二題名《邢鳳》，並註云：「出《異聞錄》」。而顧氏文房本《博異志》題名《沈亞之》。

三、《太平廣記》、《沈下賢文集》起首有「元和十年」四字。顧氏十友齋《博異志》無此四字。後二句，沈集為「既坐隴西公曰：「余少從邢鳳遊，記得其異，請言之。」客曰：「願聽。」」公曰：「鳳帥家子，無他能……」其下相同。

四、第一段「從事隴西公軍涇州」後，《廣記》與《沈下賢文集》有「而長安……」二十九字。顧氏十友齋本無，而以「昔見隴西公言。」一語帶過。

五、第三段，廣記與沈集作「鳳大悅曰：『麗者何自而臨我哉？』」

六、第四段：《廣記》作「美人曰。」其他二書為「美人笑曰。」

七、第四段「此妾家也。」之下《廣記》少了二十一字。此處從顧氏本。

八、第七段，《廣記》作「幸少留，得觀覽。」

九、第八段，《廣記》作「鳳發捲，視首篇。」他二書作「鳳發卷，視其首篇。」後段，《廣記》作「其後他篇，皆類此數十句。」

十、第九段：「君欲傳之，無令過一篇。」，顧氏本《廣記》為「君必欲傳。」《沈集》作「君必欲傳之。」

十一、《酉陽雜俎》所傳《春陽曲》：長安女兒踏春陽，何處春陽不斷腸？舞袖弓腰渾忘卻，羅幃空度九秋霜。末句或作「峨眉空帶九秋霜。」胡應麟認為此句較佳。

十二、十三段，「美人低頭良久。」沈集作「美人泫然良久。」

十三、第十四段，《廣記》作「『願復少留。』須臾間，竟去。」沈集作「『願復少賜須臾間。』竟去」。「鳳亦旋覺」四字，《廣記》作「鳳亦尋覺。」沈集則僅有「鳳亦覺」三字。

十四、第十四段後一句，《廣記》與沈集作「事在貞元中。」其後尚有：「後鳳為余言如是。是日監軍使與賓府郡佐及宴客隴西獨孤鉉、范陽盧簡辭、常山張又新、武功蘇滌，皆歎息曰：「可記。」故亞之退而著錄。明日，客復有至者：渤海高元中、京兆韋諒、晉昌唐炎、廣漢李（王屬）、吳興姚合、洎亞之。復集於明玉泉。因出所著以示之。於是姚合曰：」是以無「又吳興姚合謂亞之曰」九字。當是《博異志》作者將沈文收入其集中，而將原文略作調整之故。

註釋

❶記室──書記。

❷隴西公──此處指涇原節度使李彙。唐人看重「郡望」，即姓氏。隴西李氏為關中五大姓之一。其他四姓為范陽盧氏、滎陽鄭氏、清河與博陵崔氏和太原王氏。李彙屬隴西李，故稱隴西公。涇州縣、在今之甘肅省。

❸質──押，典。質押也。典當。

❹即其寢而晝偃──在他的臥室中睡午覺。

❺楹──柱。

❻被廣袖之襦──穿著很寬大衣袖的短襖。

❼羅幨空度九秋霜──段成式的《酉陽雜俎》中作「峨眉空帶九秋霜。」胡應麟認較佳。

❽貞元──唐德宗年號。共二十年，當公元七七五至七九四年。

❾元和──唐憲宗年號，共十五年。當公元七〇六至七二〇年。

語譯

唐憲宗元和十年，沈亞之始在隴西公軍中任書記，將駐紮涇州。長安中賢士多來宴請。五月十八日，隴西公和客在東池便館會飧。既坐，隴西公說：

「少年和邢鳳一起閑游。邢鳳是軍帥的兒子，並無什麼擅長。後在長安平康里南，花了一百萬錢，典下了故豪洞門曲房的住宅。有一天，他在臥室中午睡，，夢到有一位漂亮姑娘，從西楹從容緩步而來。手上拿一一卷書，邊走邊吟。這位小姐完全是古裝，高髻長眉，方領繡帶，披著一件大袖子的襖子。

「邢鳳很是高興，問小姐：『從那而來到我這兒呀？』

「漂亮小姐微笑說：『這是我的家呀。您在我家作客，還有從那裡來的一問呢？』

「鳳又說：『請問小姐拿的是什麼書？』

「美女說：『我喜歡詩，經常蒐集。』

「鳳說：『請美人少少停留，能夠賜我一閱。』

『於是美人把詩卷交給邢鳳，坐在西邊床上。鳳打開書。只見第一篇題名『春陽曲。』只有四句。其後各篇，都是數十句。

「美人說：『您若是要傳出去，不能超過一篇。』

「於是邢鳳從東廊下茶几上拿了一張綵箋，寫下『春陽曲』。四句詩是：

『長安少女踏春陽，何處春陽不斷腸？舞袖弓彎渾忘卻，羅幃空度九秋霜！』

「邢鳳唸完了，問：『什麼是弓彎？』

「美人說：『妾身父母從前教我這個舞。』於是她站起身，整衣張袖，舞了幾拍作彎弓的形狀給邢鳳看。

「之後，美人低著頭，過了好一會，才告別而去。

「邢鳳說：『請再停留一會兒吧！』美人竟離去了。邢鳳也醒了。昏昏沈沈的，不記得曾抄錄過一首詩。但他更衣時，從衣袖掉出寫有詩句的花箋。驚視好一會，才記起夢中所見。那是貞元年間的事。」

又：吳興姚合告訴亞之另一個故事。他說：

「我的友人王炎說：『元和初年，有一天晚上夢到遊至吳國，侍奉吳王。久之，聽到宮中輦車聲，嗚簫擊鼓，說是西施死了，要下葬。吳王悲悼不已。立召詞客作輓歌。炎當時也應教作了一首輓歌。其詞曰：「西望吳王闕，雲書鳳字牌。連江起珠帳，擇土葬金釵。滿地紅心草，三層碧玉階。春風無處所，悽恨不勝懷！」

「進詞，吳王甚為嘉勉。旋即醒來。尚能記得夢中經歷。」

王炎係太原人。

九、劉方玄

山人❶劉方玄自漢南抵巴陵。夜宿江岸古館之廳。其西有巴籬❷所隔。又有一廳，常扃鐍❸，云：「多有怪物，使客不安。已十年不開矣。」中間為廳廊，已崩摧。州司完葺❹至新淨，而無人敢入。方玄都不知之。其夜，二更後，月色滿庭，江山清寂。唯聞籬西有婦人言語笑咏之聲，不甚辨。惟一老青衣語稍重而帶秦音者❺，言曰：「往年阿郎貶官時，常令老身騎偏面騧❻，抱阿荊郎。阿荊郎嬌，不肯穩坐，或偏於左，或偏於右，墜損老身左膊，至今天欲陰則酸疼焉。今又發矣。明日必天雨。如今阿荊郎官高也，不知知有老身無？」

復聞相應答者。

俄而有歌者，歌音清細，若曳縷之不絕❼。復吟詩。吟聲切切，如含酸和淚之詞。不可辨其文。

久而老青衣又云：「昔日阿荊郎，愛念『青青河畔草』。今日亦可謂『綿綿思遠道』也。」

僅四更，方不聞。明旦，果大雨。

呼館吏訊之，吏云：「此西廳空無人。」方敘賓客不敢入之由。

方玄因請開院視之。則秋草滿地，蒼苔沒階。院西，則連山林。無人跡也。啓其廳，廳則新淨，了無所有。唯前間東柱上有詩一首，墨色甚新。其詞曰：「爺娘送我青楓根，不記青楓幾迴落。當時手刺衣上花，今已為灰不堪著。」

視其言，則鬼之詩也。

館吏云：「此廳成來，不曾有人居。亦並無此題詩處。」乃知夜來非人也。復以此訪於人，終不能知之。

說明

一、本文依《太平廣記》卷三四五第三篇、世界文庫四部刊要《博異志》與商務萬有文庫《舊小說》第五冊《博異志》等書校錄。

二、第一段，《廣記》作「江岸古館。廳西有巴籬隔之」。與其他二書不同。

三、第二段：「多有怪物，已十數年不開矣。」《廣記》無「有」字，缺「數」字。

四、第三段：其他二書作「中間為廳廊崩催，州司完葺至新淨。」《廣記》中無「其夜」二字。

五、第四段係依《廣記》抄錄。其他二書則為：「至二更後，見月色滿庭，江山清寂。唯聞廳西有家口語言嘯詠之聲，殆不多辨。唯一老青衣，語聲稍重，而帶秦音者，言曰……」

六、第四段最後一句：「不知知有老身無？」《廣記》只一個「知」字。

七、第六段《廣記》「含酸和淚之詞」下，他二書為：「幽咽良久，亦不可辨。奇文亦無所記錄也。」不如《廣記》之簡潔。

八、第八段《廣記》「方不聞」，他二書作「方不聞其聲。」

九、第九段，他二書作「方敘此中賓客不曾敢入之由。」較《廣記》多「此中」與「曾」三字。

十、第十段係依《廣記》抄錄。他二書為：「方玄固請開院視之。則秋草滿地，蒼苔沒階。中院之西，則連山林。」其下與《廣記》同。

十一、第十一段：《廣記》為「視其言。」他二書為「視其書。」

十二、第十二段照《廣記》抄錄。他二書為：館吏云：「此廳成來，不曾有人入。亦並無此題詩處。」乃知夜來非人也。復以此訪於人，終不能知其來由耳。

註釋

❶山人——隱居山林之人。隱士也。也可能是掌山林之官。劉方玄能夜宿館驛，很可能是掌山林之官，而非隱士。

❷巴籬——即「芭籬」。編草或竹為之，用為內外之障蔽者也。

❸扃鐍——關閉，而且上了鎖。

❹完葺——整修完畢之意。

❺秦音——陝西口音。

❻騎偏面騧——黃馬黑喙者叫騧。偏面？費解。

❼若曳縷之不絕——好似抽絲，抽取不斷。

❽清清河畔草，綿綿思遠道——這兩句詩是漢朝蔡邕的「飲馬長城窟行。」開首兩句。古詩十九首之第二首開頭也是「青青河畔草」。綿綿，不絕之意。白居易常恨歌：「此恨綿綿無絕期。」

語譯

山人劉方玄從漢南來到了巴陵。晚上住宿在江岸古館的廳中。廳西有籬巴。

又有一廳，經常上鎖。說是「多有怪物，使人不安，已十年沒開了！」

中間有廳廊，已崩壞。郡守修葺，已甚新淨。但無人敢去那廳中。這些方玄事先都不知。

其夜二更過後，月色滿庭，山林寂靜。卻聽見籬巴西邊有婦人說話吟咏的聲音。聽不太清楚。只有一個老婢女的聲音較大，而帶陝西口音。只聽她說：「往年阿郎貶官，常令老身騎黑嘴黃馬，抱阿荊郎。阿荊郎嬌，不肯好好坐，一下偏左，一下偏右。害得我跌下馬，跌傷了左膊，到現在為止，只要天要陰雨，傷處便會酸痛。今天又發酸痛了。明天一定會下雨。如今阿荊郎也作了高官了，不知道他還會不會想起老身呢？」

又有互相問答聲。

一會兒，有人唱歌。歌聲清細，好似拆布，棉線屢屢不斷。又有人吟詩，吟聲切切，甚為酸楚，似含眼淚而吟。但卻聽不清是吟些什麼。

許久，老青衣又說：「從前阿荊郎喜愛吟『青青河畔草』。今天可謂是『綿綿思遠道』呀！」

到了四更時分，才不聽到聲音。次日，果然大雨。

方玄問驛館的館吏問話，館吏說：「西廳空無人。」然後才告訴劉方玄賓客不敢入廳的種種。

方玄令館吏開院察看。只見滿院秋草，蒼苔沒階。院西是山林。並無人跡。打開廳門，廳頗新淨，了無所有。只有前間東柱上有題一首詩。墨色還很新。詩云：

爺娘送我青楓根，不記青楓幾回落。
當時手刺衣上花，今已為灰不堪著。

研究詩中的話，乃是鬼詩！

館吏說：「這一個廳建成之後，不曾有人住過。也沒有題詩之處。」始知夜來說話吟詩者，都不是人。將詩尋訪別人，終究無人知道。

十、馬侍中

馬燧❶貧賤時，寓遊北京。謁府主❷不見而返，寄居於園吏。吏曰：「莫欲謁護❸戎否？若謁，即須先言。當為其岐路❹耳。護戎諱數字而甚切❺，君當在意。若犯之，無逃其死也。然若幸愜之，則所益與諸人不同。慎忽暗投也。某乃護戎先乳母子，得以詳悉。而輒贊君子焉。」燧信與疑半。

明晨，入謁護戎，果犯其諱，庭叱而出。畏懼之色，見於面，園吏曰：「是必忤護戎耳。」燧問計求脫，園吏曰：「君子戾我❻，而栖遑❼如是。然敗則死，不得瀆我❽也。」遂匿燧於糞車中。載出郭❾而逃。

於時，護戎果索燧。一報不獲，散鐵騎者，每門十人。燧狼狽竄六十餘里。日暮，度不出境，求避於逃民敗室❿中。尚未安，聞車馬蹄歕聲⓫。人相議言：「更能三二十里否？」果護戎之使也。俄聞車馬勢漸遠，稍安焉。

未復常息⑫，又聞有悉窣⑬人行聲。燧危慄次⑭，忽於戶牖見一女人，衣布衣，身形絕長，手攜一襆。曰：「馬燧在此否？」

燧默然不敢對。

又曰：「大驚怕否？胡二姊知君在此，故來安慰，無至憂疑也。」燧乃應諾而出。

胡二姊曰：「大厄。然已過，尚有餘恐爾。君固餒⑮，我食汝⑯。」乃解所攜襆⑰，有熟肉一甌，胡餅數枚。燧食甚飽。卻令於舊處，更不可動。胡二姊以灰數斗，放於燧前地上橫布一道以授之。言曰：「今夜半有異物相恐劫⑱，輒不得動。過此厄後，動貴無雙。」言畢而去。

近夜半，有物閃閃照人。漸近戶牖間。見一物，長丈餘，乃夜叉也。赤髮蝟奮，金牙鋒鑠。臂曲癭木，甲駕獸爪⑲，衣豹皮褌，攜短兵，直入室來。獰目電狿，吐火噴血，跳躑哮吼，鐵石消鑠⑳。燧之惴慄，殆喪魄亡精矣。此物終不敢越胡二姊所布之灰。

久之，物乃撤一門扉，藉而熟寢。

俄又聞車馬來聲。有人相謂曰：「此乃逃人之室，不妨馬生匿於此乎？」時數人持兵器，下馬入來。衝踏夜叉。夜叉奮起，大吼數聲，裂人馬，噉食血肉殆盡。夜叉食既飽，徐步而去。

四更，東方月上，燧覺寂靜，乃出而去。見人馬骨肉狼藉。燧乃獲免。

（燧）後立大勳，官爵穹崇[21]。詢訪胡二姊之由，竟不能得。思報不及，每春秋祠饗，別置胡二姊一座，列於廟左。

說明

一、本文據《博異志》、《舊小說》、《廣記》諸書校錄。

二、《博異志》與《舊小說》題名《馬侍中》。《廣記》卷三百五十六題名《馬燧》，卻註云：「出《傳異記》」。

三、附加標點符號。

四、第五段：「求避於逃民敗室。」《廣記》「避」作「蔽」。又「車馬蹄歡聲」，《廣記》「蹄」作「嗁」。

五、歕—吹氣。或作噴。

六、第六段：「悉窣」，《廣記》作《窸窣》。

七、第八段：「應諾而出」，世界本與商務本作「應唯而出。」

八、第九段：「胡餅數枚。」《廣記》作「胡餅一箇」。《廣記》「放於燧前地上。」他二書無「放」字。

九、第十段：「近夜半」，《廣記》無「近」字。又「金牙鋒鑠」，《廣記》作「全身鋒鑠。」

十、第十二段：《廣記》作「有人相謂曰。」他二書作「有人相請曰」。

十一、第十三段：「衝踏夜叉」，《廣記》「踏」作「蹄」。「徐步而去。」《廣記》作「徐步而出。」

註釋

❶馬燧——字洵美，系出右扶風郡，徙為汝州郟城人。長六尺二寸，沈勇多算。有將才。歷任刺史、節度使、尚書右僕射、遷光祿大夫，兼侍中。卒於七十歲。《新舊唐書》均有傳。

❷府主——唐置安東、安西、安南、安北、單于、北臣等六個大都護府，以撫輯諸蕃。府主，指都護府的長官。

❸護戎——當是指大都護。以其領有軍隊，而以「元戎」稱之。

❹岐路——可能是唐時方言。今日不明其義。若照字面解釋，則是岔路之意。

❺護戎諱數字甚切——護戎最忌諱數字。

❻君子戾我——戾，乖也。背也。園吏說馬燧沒聽他的話。

❼棲惶—棲棲，驚慌。惶，害怕。棲惶，恐懼的樣子。

❽不得瀆我也—不能褻瀆我。

❾郭—外城曰郭。

❿逃民敗室—從前人民為逃避旱災水災或瘟疫，搬去遠處，留下來的破敗的房屋。

⓫車馬蹄歕聲—歕，吹氣也。車走聲，馬蹄聲和馬噴氣之聲。

⓬未復常息—驚慌之後，還沒喘過氣來。即還沒恢復平常的呼吸。

⓭悉窣—窸窣，形容聲音之辭。窣、音速ㄙㄨˊ。窸窣、狀聲音之辭。

⓮燧危慄次—慄，戰懼也。馬燧深感危險害怕之時。

⓯餧—餓也。

⓰我食汝—食，讀如寺，給人以食物之意。及物動詞。

⓱襆—本為包頭髮的布，此處有「包袱」之意。

⓲有異物相恐劫—有怪物來恐嚇、來劫持。

⓳赤髮四句—紅色的頭髮如刺蝟的刺一樣豎立著，金屬一般的牙齒，鋒利無比。（《廣記》作「金身鋒鑠」。此處從顧氏文房本。）彎彎曲曲的手臂像長滿了樹癭的木頭。和野獸一般的手爪。（《廣記》作「甲假獸爪」，顧氏文房本作「甲摯獸爪。」前二字似有誤。）

⓴獰目四句—猙獰的眼睛閃著電光，噴出來的氣像火一般紅，跳躍哮吼，氣勢似乎能把鐵、石都化成灰。

㉑穹崇—官爵甚高也。穹：大。深。俗謂天曰「穹」。

語譯

馬燧貧賤之時，遊走到北京暫住。他往拜謁都護府的主官，沒見到。他寄居在一個園吏家中。園吏對他說：「想謁見大都護嗎？若想見，最好先對我說，我當指示你道路。護戎最諱言數字，您一定要牢記在心。若犯了他的忌諱，難逃性命。倘若能投其所好，走對的路，那便受用多多，和別人不同。千萬不要弄錯了。我是大都護已故乳娘的兒子，所以知道得很清楚。常常為人解說。」

但馬燧卻懷著半信半疑的態度。

第二天早上，馬燧進謁護戎，果然犯了他的忌諱，被面斥而出。他一臉驚懼的表情，回到住處，園吏說：「一定是忤犯了護戎吧？」

馬燧問如何可以脫身。園吏說：「您不順從我的話，現在如此驚慌！然而，既犯了錯，免不了死。不能怪我。」於是他把馬燧藏在糞車中，載出外城再逃走。

其時，護戎果然查緝馬燧。第一次回報未抓到。於是派鐵騎追捕，每一城門十人。

馬燧狼狽而逃。到了日暮之時，才走出六十餘里。心想，出不了大都護轄區，便想找一間逃民的破房子中藏身。還沒躲好，便聽見車聲、馬啼聲、馬歎聲。有人商議說：「還能前追二三十里嗎？」果然是護戎所派者。而車馬聲漸漸離去。馬燧心稍安。

他還沒有完全喘過氣來，又聽到窸窸窣窣的行人聲。他驚慌戰慄之際，忽自窗戶望見有一穿布衣的女子，身體絕長，手上拿著一個包袱。問：「馬燧在這裡嗎？」

馬燧不敢出聲應話。

那女人又說：「大受驚嚇了吧？胡二姐知道你在此，特來慰問。不必憂慮懷疑。」馬燧才答話，走出來。

胡二姐說：「真是大災難。不過，已經沒事了。還有一點小驚嚇。你餓了吧？我給你吃東西。」於是她打開包袱，內有一甌熟肉，幾個胡餅。馬燧吃飽了。胡二姐吩咐他躲在原來的地方。不可活動。她拿了好幾斗灰在馬燧身前圍了一道。告訴他說：「今天半夜有大怪物來恐嚇劫持你，只要不動便沒事。這一個厄難過了，你以後便會動貴無雙。」

說完話，便離去了。

將近半夜，有一個閃閃發光的龐然大物，漸漸來到窗戶間。只見牠身長丈餘，乃是夜叉。穿紅色的頭髮像刺蝟，牙齒像是鋼鐵所製，手臂有如長滿了樹瘿的木頭，指甲像野獸的爪子。穿一條豹皮褲，拿了一把短刀，一直走進房來。猙獰的眼睛像閃電，土火噴血，跳躑咆哮，鐵石都找抵擋不住。馬燧只嚇得魂飛魄散，戰慄不已。但夜叉始終不敢跨越胡二姐所佈的灰。

過了好一會兒，牠卸下一片門，呼呼大睡。

不久，又聽見有車馬聲靠近。有人交談說：「這是逃民的房屋。或許馬某會藏身在裡面。」於是有好幾個人拿了兵器，下馬進屋。衝撞了夜叉。夜叉大吼數聲，奮起對抗，撕裂人馬，噉食血肉。牠吃得飽飽的，緩緩的離開了。

四更天，東方月亮正明，馬燧覺得四周寂靜，料想無危險了，才敢出來。只見到一片人馬狼籍的骨肉。

馬燧終於逃過了一劫。後來，他立了大功，作到高官。四處打探胡二姐的下落，卻打探不出。無由報恩。每年春秋祭祖之際，馬燧在祖宗牌位旁別設胡二姐的神位，用示感恩。

十一、白幽求

貞元十一年❶，秀才❷白幽求，頻年下第。其年失志❸，後乃從新羅❹王子過海。於大謝公島，夜遭風。與徒侶數十人為風所飄，南馳兩日兩夜，不知幾千萬里。風稍定，徐行，見有山林，乃整棹望之。及前到，山高萬仞，南面半腹有城壁，臺閣門宇甚壯麗。

維舟而昇❺，至城一二里，皆龍虎列坐於道兩邊。見幽求，皆耽耽❻而視幽求。幽求進路甚恐懼。欲求從者，失聲彷徨❼。次於大樹，枝為風相磨，如人言誦詩聲。幽求諦聽❽之，乃曰：「玉幢亘碧虛，此乃真人居。徘徊仍未進，邪省猶難除。❾」幽求猶疑未敢前。

俄有朱衣人自城門而出，傳勅❿曰：「西岳真君來遊。」諸龍虎皆俯伏曰：「未到。」

幽求因趨走前。見朱衣人不顧而入，幽求進退不得。左右諸龍虎時時目幽求。盤旋次，門中數十人出。龍虎奔走。人皆乘之下山。幽求亦隨之。至維舟處，諸騎龍虎人皆履海面而行。須臾沒於遠碧中。

幽求未知所適，舟中具饌次。忽見從西旗節隊伍，僅千人。鸞鶴青鳥，飛引於路。騎龍控虎，乘龜乘魚。有乘朱鬣馬人，衣紫雲日月衣，上張翠蓋，如風而至。幽求但俯伏而已。乃入城門，幽求又隨覘之⓫。諸龍虎等依前列位，與樹木、花藥鳥雀等，皆應節盤迴如舞，幽求身亦不覺足之蹈之⓬。

食頃，朱衣人持一牒⓭出，謂龍虎曰：「使水府眞君。」龍虎未前，朱衣人乃顧幽求授牒。朱衣曰：「使水府。」以手指之。幽求隨指，而身如乘風，下山入海底。雖入水而不知為水，朦朧如日中行。亦有樹木花卉，觸之珊珊⓮然有聲。須臾至一城，宮室甚偉。門人⓯驚顧，俯伏於路。

俄而有數十人，皆龍頭鱗身，執旗仗，引幽求入水府。眞君於殿下北面授符牒。拜起，乃出門。已有龍虎騎從，儼然⓰遂行，瞬息到舊所。

幽求至門，又不敢入。雖未食，亦不覺餒⓱。

少頃，有覓水府使者，幽求應唯而入。殿前拜，引於西廊下，接諸使下坐。飯食非人間之味。涂問諸使中：「此何處也？」對曰：「諸眞君遊春臺也。」主人是東岳眞君。春、夏、秋、冬各有位。各在諸方，主人亦各隨地分也。

其殿東廊下，列玉女數百人。奏樂。白鶴、孔雀，皆舉翅動足，更應玄歌。日晚乃出殿，於山東西為迎月殿。又有一宮觀望日。至申時，明月出矣。諸真君皆為迎月詩。

其一真君詩曰：「日落烟水黯，驪珠色豈昏？寒光射萬里，霜縞遍千門。」

又一真君詩曰：「玉魄東方開，嫦娥逐影來。洗心兼滌目，光影遊春臺。」

又一真君詩曰：「清波滔碧烏，天藏黯黮連。二儀不辨處，忽吐清光圓。」

又一真君詩曰：「烏沉海西岸，蟾吐天東頭。」忘下句。其餘詩並忘之矣。

賦詩罷，一真君乃命夜戲。須臾，童兒玉女三十餘人，或坐空虛，或行海面，笙簫眾樂，更唱迭和。有唱步虛歌者，數十百輩，幽求記其一焉。詞曰：「鳳凰三十六，碧天高太清。元君夫人蹋雲語，冷風颯颯吹鵝笙。」

至四更，有緋衣人走入，鞠躬屈膝白：「天欲曙。」唯而辭出，諸君命駕各辭。

次日，昨朱衣人屈膝言曰：「白幽求已充水府使，有勞績。」諸真君議曰：「便與遊春臺灑掃。」幽求恓惶，拜乞卻歸故鄉。

一真君曰：「卿在何處？」

對曰：「在秦中。」

又曰：「汝歸鄉何戀戀也？」幽求未答。又曰：「使隨吾來。」

朱衣人指隨西岳真君。諸真君亦各下山，並自有龍虎鸞鳳，朱鬣馬⑱、龜、魚，幡⑲節⑳羽旌㉑等。每真君有千餘人。履海面而行。幽求亦操舟隨西岳真君後。自有便風，迅速如電。平明，至一島。見真君上飛而去。幽求舟為所限，乃離舟上島，目送真君，猶見旗節隱隱而漸沒。幽求方悔恨慟哭。而迢遞㉒上島行。乃望有人煙，漸前就問。云是明州。又卻喜歸舊國。幽求自是休糧㉓，常服茯苓。好遊山水。多在五岳。永絕宦情矣㉔。

說明

本文據《太平廣記》卷四十六第一篇抄錄，並加註標點符號。

註釋

❶貞元十一年——貞元為唐德宗年號。共二十年。自公元七八五至八〇四年。貞元十一年為公元七九五年。

❷秀才——唐初有秀才科。後廢止。但應舉者，人以秀才稱之。

❸頻年下第兩句——好幾年都落第，即沒考上。那一年又沒考上。

❹新羅王子—西漢時，朴赫居世統一辰韓、弁韓之地，始建新羅，傳至昔解脫，改國號曰雞林。又數傳而至金氏。到了西晉末年，盡有辰韓、弁韓之地。嘗為日本神功后所征服。不久又強盛起來，佔領了日本任那三郡。嗣為百濟、高句麗所侵略，因而向唐求救。唐高宗出兵滅了百濟和高句麗，以其地歸新羅。新羅於是統一了朝鮮半島，謹事於唐。是為新羅最盛之世。

❺維舟而昇—把船繫起來，走上岸去。

❻耽耽—「虎視耽耽」，實為「虎視眈眈」之誤。眈，向下注視也。

❼欲求進路三句—幽求新生恐懼，不敢前進。想呼叫隨從的人，竟嚇得叫不出聲來。於是徬徨不知所措。

❽諦聽—認真的聽。

❾王幢四句—王者的旗旌橫於碧空之中，此地乃是真人所住的地方。若是仍徘徊不向前走，邪障便消除不了。按：幢，旌旗也。亘，橫的意思。碧虛即是碧空。

❿勑—勑，天子的制敕稱勑。此處為「命令」、「旨意」的意思。

⓫覘—窺也。

⓬足之蹈之—蹈，頓足履地曰蹈。這裡是舞蹈之意。

⓭牒—古時公文的一種。

⓮珊珊然—珊珊，玉聲也。

⓯門人—門子，守門的人。

⓰儼然—莊嚴貌。

⓱餧—飢餓。

⓲朱鬣馬—鬣，馬、豕之毛。紅色毛的馬。

⑲旛——旗也。亦作幡。
⑳節——符節。
㉑羽旌——鑲有羽毛的旗子。
㉒迢遰上島行——遠遠的登上島而行。
㉓休糧——和辟穀的意思差不多。
㉔永絕宦情矣——再也沒有作官的意思了。

語譯

本篇敘述頻年下第的秀才白幽求，隨新羅王子出海。遇大風，漂流至一處山林，遇見真君等經過。為何隨新羅王子？新羅王子同本文有何關連？沒有交待。和幽求同船的「徒侶數十人」，也沒交待。船被風吹，便吹了「不知幾千萬里」。說高山，則「山高萬仞」。半山有城台樓閣，幽求如何攀登這在五千仞的山腰？總之，文詞不通順，情節不合理。和他篇相較，甚為不同。疑是編「太平廣記」者誤將此文植入。是以其他「博異志」版中都沒列入。語譯就免了。

十二、楊真伯

弘農❶楊眞伯，幼有文，性耽翫書史❷，以至忘寢食。父母不能禁。時或奪其脂燭❸，匿其詩書。眞伯頗以為患。遂逃過洪饒間，於精舍空院肄習❺。

半年餘。中秋夜，可二更已來。忽有人扣學窗牖間，眞伯潛於典籍❻，不知也。

俄然有人啓扉而入，乃一雙鬟青衣。言曰：「女郎久棲幽隱，脈氣茹芝❼，多往來洞庭雲水❽間。知君子近至此，又骨氣清淨，志操堅白，願盡款曲❿。」眞伯殊不應。青衣自反。

三更後，聞戶外玎璜珮之聲⓫，異香芬馥。俄而青衣報女郎且至。年可二八，冠碧雲鳳翼冠，衣紫雲霞日月衣，精光射人，逡巡就坐⓬。眞伯殊不顧問一言。

久之，於眞伯索取硯。青衣薦箋⓭。女郎書札數行，揖然而去⓮。

眞伯因起，乃視其所留詩曰：「君子竟執逆⓯，無由達誠素。明月海上山，秋風獨歸去。」

其後亦不知女郎是何人也。豈非洞庭諸仙乎？觀其詩思，豈人間之言歟？

說明

一、本文依據《太平廣記》校錄，並予分段，加上標點符號。

二、世界本《博異志》、商務《舊小說》《博異志》部份，未載此文。

註釋

❶弘農——唐重郡望，楊氏稱弘農，一如李氏之稱隴西、崔氏之稱博陵。漢朝弘農楊震至曾孫楊彪，四世居三公之官。遂成世族。

❷耽翫書史——好讀經書、歷史。

❸奪其脂燭——唐時，宮中點燭。平民百姓家只能點油燈。脂，用以燃燒取光之燃料。

❹洪、饒間——唐時，南昌稱洪州，饒州約當今之江西鄱陽縣。

❺於精舍空院肆習——在佛寺的空院中讀書。精舍即佛舍。

❻溺於典籍——浸溺於典籍之中。專心一意的讀書。

❼服氣茹芝——鍊氣、吃芝草等仙藥。

❽洞庭雲水間—洞庭湖在湖南省境。能在雲間水中往來，表示非仙即龍。

❾骨氣清淨，志操堅白—骨氣，氣質。清淨、正派。志氣高，操行好。

❿款曲—委曲酬應也。

⓫珩璜環珮之聲—佩上之玉曰珩，所以節行止也。璜，半璧。或謂璜即玦。玦，也是玉佩。古時婦女衣帶上常佩上玉製玉製飾物，行走時便會發出聲音。

⓬逡巡就坐—逡巡，卻退貌。女郎未得到真伯的招呼，是以畏畏怯怯的坐了下來。

⓭青衣荐箋—青衣（丫鬟）呈上箋紙。

⓮捵然而去—捵，慙也。羞羞答答的走了。

⓯執逆—逆，不順從，執逆，執逆，執意不肯聽話。

語譯

弘農的楊真伯，從小便愛讀書史，愛到廢寢忘食。父母都無法禁止。有時不得不奪去他的燈燭，藏起他的書本。真伯覺得很不舒服，於是他離家出走，跑到洪州饒州之間，在佛舍的空院中苦讀。

半年後，時值中秋。晚二更左右，忽有人扣書房窗戶。真伯專心一意只在典籍之中，根本沒聽到。

俄而有一雙鬟女婢開門進房。他向真伯報道：「我們小姐久住在清幽隱居的地方，平常食靈芝，服氣，常在洞庭雲水之間來去。知道君子您近來到了此地，骨格清奇，神氣淨潔，願意結交。」真伯完全沒反應。女婢自己走了。

三更後，只聽到戶外有婦女所佩璜珩環珮等玉石相碰的聲音，而後是異香撲鼻。女婢來報：「小姐到了。」小姐年約十六歲，戴著碧雲鳳翼冠，穿的是紫雲霞日月衣。精光逼人，畏畏怯怯的坐了下來。

可真伯就是木頭人，不發一言，不看一眼。

過了好一會，女郎向真伯索取筆硯，女婢遞上花箋。女郎揮寫了幾行字，羞慚滿面的走了。

真伯起身時，看見箋上所書，乃是一首詩。詩云：

君子竟執逆，無由達誠素。明月海上山，秋風獨歸去。

其後尋訪，都不知女郎是何許人也。可能是洞庭飛仙吧！

就她所寫的詩來看，豈是人間的言語？

十三、馬奉忠

元和四年，憲宗伐王承宗❶，中尉吐突承璀❷獲恒陽生口馬奉忠等三十人，馳詣闕。憲宗令斬之於東市西坡資聖寺側。斬畢。勝業坊王忠憲者，屬羽林軍。弟忠弁，行營為恒陽所殺。忠憲含弟之讎，聞恒陽生口至，乃佩刃往視之。敕斬畢。忠憲乃剖其心，兼兩髀肉❸，歸而食之。

至夜，有紫衣人扣門。忠憲出見。自云：「馬奉忠」。忠憲與坐。問所須，答：「何以苦剖我心，割我肉？」

忠憲曰：「汝非鬼耶？」

對曰：「是。」

忠憲云：「我弟為汝逆賊所殺，我乃不反兵之仇，以直報怨，汝何怪也？」

奉忠曰：「我恒陽寇是國賊，我以死謝國矣。汝弟為恒陽所殺，則罪在恒陽帥。我不殺汝弟，汝何妄報？吾子不聞：父子之罪，尚不相及。而汝妄報眾讎，則汝讎極多矣。須還吾心，還吾胜，則怨可釋矣。」

忠憲如失理。云：「與汝萬錢，可乎？」答曰：「還我無冤。然亦貰公歲月❹可矣。」言畢遂滅。

忠憲乃設酒饌紙錢萬貫，於資聖寺前送之。經年，忠憲兩胜漸瘦，又言語倒錯惑亂，如失心人。更三歲而卒。則知志於報仇者，亦須詳而後報之。

說明

一、本文據商務《舊小說》《博異志》部分與《太平廣記》校錄。
二、標點附號由編者附加。
三、文首《廣記》為「唐元和四年」，「唐」字顯然是宋時附加，故刪去。
四、第六段，《廣記》作「我不殺汝弟，汝何妄報吾？」較商務本多一「吾」字。
五、第七段起首，《廣記》為「忠憲如失。理云：」也可通。

註釋

❶元和四年，憲宗伐王承宗—元和為唐憲宗年號。共十五年。王承宗為成德節度使王武俊之孫，王士真之子，父死子繼，三代盤踞當地。自署官吏，自徵稅捐，不受皇帝命令。故憲宗發兵討伐。

❷中尉吐突承璀吐突、複姓—承璀字仁貞，閩人。以黃門直東宮。憲宗立，擢累左監門將軍、左神策護軍中尉、薊國公。恆陽疑為恆州。後來承宗之父王武俊改恆州為真定府。

❸䏶—遍查字書，不見此字。可能是刊誤。

❹然亦貰公歲月可矣—不過可以寬貸你一點時間。（即是不立即報復。）

語譯

唐憲宗元和四年，皇帝討伐王承宗。神策軍中尉擒獲恒陽方面的俘虜馬奉忠等三十人，解到闕下。憲宗皇帝下令將三十人在東市西坡資聖寺側斬首。勝業坊的王忠憲，隸屬羽林軍。他的弟弟忠弁，作戰時為恒陽方面人所殺。忠憲懷著兄弟被殺的仇恨，聽說恒陽生俘被斬首，於是佩了刀，前往察看。斬首既畢，他在一個屍體上，剖取他的心，還割了兩條肉，回家煮來吃。

當日晚上，有一位穿紫色衣服的人來叩門。忠憲出見。來人自稱叫「馬奉忠。」忠憲讓入，分賓主坐下。之後，忠憲問來人「有什麼需要？」

來人說：「你為何要剖我的心、割我的肉？」

忠憲說：「你是鬼嗎？」

對曰：「是鬼。」

忠憲說：「我兄弟為你這些逆賊所殺，我不過是為兄弟報仇。以直抱怨，你為什麼要怪我？」

奉忠說：「我們恒陽匪寇是國賊，我已經拿命來謝罪了。你兄弟為恒陽所殺，罪在帶恒陽兵的主帥。我又沒殺你兄弟，你如何向我報仇？你難道沒聽過：父子之罪都不相及，而你妄報眾仇，那你的仇太多了！你要還我的心，還我的肉！」

忠憲自知理虧。於是他說：「我給你一萬錢相抵，可以嗎？」

奉忠說：「要還我心和肉才能消冤。然而，也可以給你多一些時間吧。」說完，便不見了。

忠憲於是設了酒、食和紙錢萬貫，在資聖寺前超渡。

過了好些年，忠憲的兩邊脞肉漸瘦。而且言語錯亂，有如得了失心風。再三年，便一命嗚呼了。

才知道，要報仇，也要先弄清楚對象才行。

十四、趙昌時

元和❶十二年，憲宗平淮西❷，趙昌時為吳元濟裨將❸，屬張伯良。於青陵城與李愬❹九月二十七日戰，項後中刀，墜馬死。至夜四更，聞將家點閱兵姓名聲，呼某乙，即聞唱唯應聲。如是可點千餘人。趙生專聽之，將謂點名姓。及點竟，不聞呼之。俄而天明。

趙生漸醒，乃強起。視左右死者，皆是夜來聞呼名字者也。乃知冥中點閱耳。趙生方知身不死。行歸，月餘瘡愈。方知戰死者亦有宿命耳。

說明

一、本文據《太平廣記》卷一五三第九篇校錄，並加以標點符號。

二、這是一篇不折不扣的志怪，實在不是傳奇。

註釋

❶元和——唐憲宗年號，共十五年，自公元八〇六年至八二〇年。

❷平淮西——憲宗元和十二年七月，宰相裴度率領唐鄧隋各節度使李愬等平淮西吳元濟，十二月元濟授首。

❸裨將——猶副將。

❹李愬——唐憲宗時任唐鄧節度使，雪夜入蔡州，擒吳元濟。封梁國公，累官太子少保。（公元七七三至八二一）

語譯

唐元和十二年，憲宗皇帝平定了淮西。趙昌時當時是吳元濟手下的裨將，屬張伯良部下。九月二十七日，和李愬軍戰於青陵。昌時項後中刀，墮馬死。到了晚上四更天時，聽到將官點名聲。呼某甲，即聽到某甲的唱唯應聲。呼某乙，則某乙回應。如是點了千餘人。趙昌時專心靜聽，心想：將點到自己的姓名罷。但點名完畢，不聞點自己的名。俄而天亮了。

趙昌時漸漸醒了過來，勉力起身。看左右死者，都是夜來被點到姓名的。才知道是冥中點閱死者。也才知道自己沒有死。回到家，療養了月餘創傷才痊癒。方知戰死者，也是命中注定的。

十五、呂鄉筠

洞庭賈客呂鄉筠，常以貨殖販江西雜貨，逐什一之利❶。利外有羨❷，即施貧親戚。次及貧人。更無餘貯。善吹笛。每遇好山水，無不維舟❸探討，吹笛而去。

嘗於中秋月夜，泊於君山側，命罇酒獨飲，飲一杯而吹笛數曲。忽見波上有掉漁舟❹而來者，漸近，乃一老父，鬢眉皤然，去就異常❺。鄉筠置笛起立，迎上舟。老父維漁舟於鄉筠舟而上。各問所宜❻。

老父曰：「聞君笛聲嘹亮，曲調非常，我是以來。」鄉筠飲之數盃。

老父曰：「老人少業笛，子可教乎？」

鄉筠素所躭味❼，起拜，願為末學。」

老父遂於懷袖間出笛三管。其一大如合拱。其次大如常人之蓄者❽，其一絕小如細筆管。

鄉筠復拜請老父一吹。

老父曰：「其大者不可發，次者亦然。其小者為子吹一曲，不知得終否？」

鄉筠曰：「願聞其不可發者。」

老父曰：「其第一者在諸天，對諸上帝或元君或上元夫人，合上天之樂而吹之。若於人間吹之，人消地坼[9]，日月無光之，五星失次，山岳崩圮[10]，不暇言其餘也。第二者，對諸洞府仙人，蓬萊姑射昆邱[11]王母及諸真君等，合仙樂而吹之。若人間吹之，飛沙走石，翔鳥墜地，走獸腦裂，五星內錯[12]，稚幼振死，人民纏路，不暇言餘也。其小者，是老身與朋儕可樂者，庶類雜而聽之。吹的不安，未知可終曲否？」

言畢，抽笛吹三聲。湖上風動，波濤沆瀁，魚鱉跳噴，鄉筠及童僕恐聳讋慄。五聲[13]六聲，君山上鳥獸叫噪，月色昏昧，舟檝[14]大恐。老父遂止。引滿數杯，乃吟曰：「湘中老人讀黃老[15]，手援紫藟坐翠草[16]。春至不知湘水深，日暮忘卻巴陵道。」又飲數盃，謂鄉筠曰：「明年社，與君[17]期於此。」遂棹漁舟而去，隱隱漸沒於波間。

至明年秋，鄉筠十旬於君山伺之，終不復見也。

說明

一、本文據商務《舊小說》本與《廣記》二書校錄。並加標點符號。

二、第十段：「波濤沈瀁」，《廣記》作「波濤沆瀁。」

註釋

❶逐什一之利——十塊錢賺一塊錢。故稱十一之利，即作小生意。

❷利外有羨——利益之外還有結餘。羨，餘也。

❸維舟探討——維舟，把船繫起來。探討，訪問，以現今的詞彙來解說，便是「觀光」。

❹掉漁舟而來——搖著小漁船而來。掉，搖也。

❺鬚眉皤然，去就異常——皤音婆，鬚眉都雪白，進退異於常人。

❻各問所宜——寒暄之意。

❼素所躭味——素來所喜歡玩味的。

❽如常人之蓄者——一如常人所持有者。

❾地圻——圻，裂開。地也會裂開。
❿山岳崩圮——圮，倒塌。言山岳都會倒下來。
⓫蓬萊、姑射、昆邱——均仙人所居之地。射音夜。
⓬五星三句——五星謂金星、木星、水星、火星、和土星。五星次序錯亂，幼稚者被震死。人民纏路一語費解，可能有誤。按纏，有「繞」、「踐」的意思。
⓭波濤四句——沈瀁，一作沆瀁，言波浪深而廣。魚鼈跳動、噴氣，鄉筠和他的童僕也驚恐、顫慄。耳朵發聾。
⓮舟檝——舟楫，大小船隻。楫為船上划水的槳，又作小船解。檝字有誤。
⓯黃老——謂黃帝和老子。世稱道家曰黃老。讀黃老，意為讀道家的書。
⓰手援紫虆坐翠草——虆，藤也。或作「坐碧草」。
⓱明年社，與君其於此——社，社日之簡稱。謂祭社神之日。春有春社，秋有秋社。期，約會。全句為：明年社日，我們在此相見。
⓲伺之——等候他。

語譯

洞庭商人呂鄉筠，常到江西販賣雜貨出售，謀求什一的小利。若賺的多了，便分送給親戚。再就是施與窮人。所以家中沒有餘錢。他愛吹笛。每遇見好山好水，風景宜人的地方，他一定把船停泊，欣賞風景。吹一回笛，才離開。

有一次，中秋月夜，他把船泊在君山側面，預備下一罇酒獨飲。每喝一杯酒，便吹幾曲笛。忽見波上有划小漁船而來到的。到了近前，才看清楚是一個鬚眉俱白的老者，舉止不凡。鄉筠放下笛，起立迎接上船。老人家把漁船繫在鄉筠的大船上，登上鄉筠的船。兩人見面寒暄。

老人說：「聽到你嘹亮的笛聲，曲調非常。我所以來相見。」

鄉筠奉上好幾杯酒給老父喝。

老父說：「老朽從小以吹笛為業。不知道孺子可教否？」

鄉筠一向好吹笛，因起立下拜說：「願為學生。」

老父於是從懷袖間取出三管笛。最大的如雙手相合。其次一如普通人吹的笛。最小的一管笛則細如筆管。鄉筠乃拜請老父試吹。

老父說：「大的不可發，次大者也不可以吹。最小的可以為你吹一曲，不知能不能吹終了。」

鄉筠說：「請問不可發的理由。」

老父說：「第一管笛，只有在諸天之上，對著上帝、元君、或元君夫人，合上天的樂器共同吹奏。若在人間吹，則人死地裂，日月無光，五星失序，山岳崩壞。其餘的不用說。第二管笛是對著各洞各府的仙人，蓬萊、姑射、昆邱王母和各位真君，合仙樂共奏。若在人間吹之，便會飛沙走石，飛鳥墜地，走獸腦裂，五星錯亂，兒童震斃，其他都不用說。最小的一管，是老身和朋友們同樂時所用。吹得不安，不知可以吹終一曲否？」

說完。抽出小笛，吹了三聲。湖上起了風，波濤洶湧，魚鼈跳出水面噴氣。鄉筠和他的僮僕不免驚恐發抖。再吹五聲六聲，君山上鳥呼獸噪，月色昏昧。大船小船都驚恐。老人遂停止。倒滿幾杯酒喝下。口中吟道：

「湘中老人讀黃老，手援紫蘲坐碧草。
春至不知湘水深，日暮忘卻巴陵道。」

吟畢，他又喝了幾杯，對鄉筠說：「明年社日，和你在此再見。」而後划船走了。漸漸隱沒在波浪中。

到了明年秋，鄉筠初十便到君山等候，可再也沒見到吹笛老者。

十六、李序

元和四年❶，壽州霍丘縣❷有李六郎，自稱神人御史大夫李序。與人言，不見其形。有王筠者，為之役❸。

至霍丘月餘，賃宅住❹。更無餘物。帷几案繩床而已。有人請事者，皆投狀。王筠鋪於案側。文字溫潤，須臾滿紙。能書，字體分明，休咎❺皆應。時河南長孫郢為鎮遏使❻，初不之信。及見實❼，時與來注。

先是官宅後院空寬，夜後或梟鳴狐叫，小大為畏。乃命李六郎與疏理❽。遂云：「諾。」每行似風雨霎霎❾之聲。須臾聞笞捶之聲。遣之云：「更不得來！」後院遂安。

時御史大夫李湘為州牧❿。侍御史張宗本為副使。歲餘，宗本行縣⓫，先知有李序之異而不信。乃長孫郢召之。須臾而至。宗本求一札，欲以呈於牧守。取紙筆而請。

序曰：「接對諸公，便書可乎？」

張曰：「可也。」

初，案上三管筆，俄而忽失一筆。旋見文字滿紙。後云：「御史大夫李序頓首。」宗本心服，歸而告湘。湘乃令使邀之。遂往來數日。云：「是五嶽之神之弟也。第七舍弟在蘄州，某於陰道管此郡。」亦飲酒，語聲如女人。言詞切要，宛暢笑詠。常作笑巫詩曰：「魍魎何曾見？頭旋即下神。圖他衫子段，詐道大王嗔。」如此極多，亦不全記。近數州人皆請休咎於李序，其批判處所猶存。

說明

一、本文根據《太平廣記》校錄。

二、編者將全文分段，並加上標點符號。

註釋

❶元和四年——元和乃唐憲宗年號。元和四年約當西元八〇九年。

❷壽州霍丘縣—壽州隋置，唐仍之，治壽春，約當今安徽省之壽縣。霍丘，約當今安徽六安縣北。

❸為之役—當他的役夫。隨從。助手。

❹賃宅住—租房子住。

❺休咎—吉凶。休是美好。咎是災禍。

❻鎮遏使—歷代職官表、唐書百官志，均不見「鎮遏使」之名。可能是地方上司理治安的武人。

❼及見實—等到親眼目睹實事了，（才相信。）

❽疏理—疏通、打理。

❾霎霎—和淅瀝的意思差不多，下雨時的聲音。也可以作風聲。

❿御史大夫李湘為州牧—唐朝地方實係州、縣二級制。府、都督府，都是州的別稱。御史台的主官為御史大夫，是正三品官。其下有侍御史四人，從六品下。御史大夫出任州牧（刺史），上州刺史官品才是從三品，似有高階低授之嫌。然而，唐初朝廷重朝官而輕外任。代宗時，宰相元衡以仕進者多樂京師，恐這些人會影響到他的地位，因而制定俸祿，厚外任而薄京官。其後，京官都想外放作地方官了。正三品的御史大夫轉任從三品的州牧，並非「下放」。

⓫宗本行縣—張宗本到縣視察。

語譯

唐憲宗元和四年，壽州霍丘縣來了一個叫李六郎的人，自稱是「神人御史大夫李序。」他同人說話，人卻瞧不見他。有一個叫王筠的人，當他的助手。

李六郎到霍丘月餘，租房子住。除了几、案、繩床而外，沒有別的用具。有人要問事，都要先寫好狀子，王筠把狀子鋪在案子的一側。須臾便批了滿紙的字。字句溫潤，字體分明。是吉是凶，非常靈驗。其時河南的長孫郢任鎮遏使，起初不相信。親眼目睹之後，才時與來往。

初時，官邸後院空曠。每當夜晚，其中常有貓頭鷹的叫聲，還有狐狸的叫聲，令人生畏。於是請六郎來打理。六郎說：「好。」於是聽見像風雨霎霎之聲行走開來，又聽見鞭打之聲。又有叱喝之聲：「不得再來！」之後，後院果然平安了。

當其時，御史大夫李湘任州牧，侍御史張宗本為副。一年後，張宗本下縣視察。他聽到有關李序的傳聞，但他不相信，在長孫郢召請之下，李序立刻便到。宗本求一封公文呈給牧守，取了紙筆請李序寫。

李序說：「就在諸公面前寫可以嗎？」

宗本說：「可以。」

案上原有三枝筆，忽然少了一枝。隨即看到滿紙文字。文後署名：「御史大夫李序頓首。」

宗本心服，回去後告訴李湘。李湘派使邀請他，李序應邀，往來好幾天。

李序自言：「本是五嶽之神的兄弟。七舍弟在蘄州。某在陰間管理本郡。」他也能飲酒，語聲如女人。言詞總是說重點。常爽爽快快的發笑、詠歎。還好作詩嘲巫人。例如

魍魎何曾見？頭旋即下神。

圖他衫子段，詐道大王嗔。

如此的詩句甚多。遠近各州人都請李序卜休咎。他的批判處所至今還在。

十七、李晝

李晝為許州❶吏，莊在扶溝。永泰❷一年春，因清明歸。欲至伯梁河。先是路旁有塚，去路約二十步。其上無草，牧童所戲。其夜，李晝忽見塚上有火，驚異之，下馬躋❸塚焉。見五女子，衣華服，依五方坐而紉針❹，俱低頭就燭，矻矻❺不歇。晝叱之一聲，五燭皆滅。五女亦失所在。晝恐，上馬而走，未上大路，五炬火❻從塚出，逐晝。晝走不能脫，以鞭揮拂❼，為火所爇。近行十里，方達柏梁河。有犬至，方滅。明日，看馬尾被燒盡，及股、脛亦燒損❽。遂自後目此為五女塚，今存焉。

說明

一、本文根據《太平廣記》校錄。

二、標點符號是編者附加。

三、原文作「永泰二年春。」按，代宗永泰只一年，次年即改元大曆。故更正為「一年春」。

四、「近行十里，方達柏梁河。」「近」字可能是「緊」的音誤。

註釋

❶許州—今河南許昌縣。

❷永泰—唐代宗年號，只一年。約當西元七六五年。

❸躋—登也。升也。

❹紉針—接線於針、縫補衣服。

❺矻矻不歇—矻矻、健作貌。勞極貌。矻矻不歇，非常努力的工作，也不休息。

❻五炬火—束薪而灼之曰炬。即今日之火把。

❼以鞭揮拂，為火所爇—以馬鞭揮打，仍然被火燒到。爇，燒也。

❽股、脛亦燒損—馬股、馬腳，都被燒傷。脛，由膝下至踵曰脛。

語譯

李畫是許州的小吏，有莊在扶溝。唐代宗永泰元年春，清明假，他回家掃墓。要到柏梁河。路旁有墳，去大路約二十步路。墓上無草，常是牧童遊玩之地。

當天晚上，李畫經過時，看見墳上有燈火。覺得很奇怪。於是他下馬，登上墓。看到有五位女子，身穿華服，分坐五方。大家都低著頭，就燭光紉針，非常投入的樣子。

李畫見狀大喝一聲，五支蠟燭全滅，五位女士也不見了。李畫不覺害怕起來，趕緊上馬逃走。還沒上大路，只見五個火把從墓中出來，從後追趕李畫。李畫走不脫，於是用馬鞭揮打。但還是被火燒到。走了十來里路，才到達柏梁河。有狗走過，火炬才滅了。

第二天早上，他檢查馬，發現馬尾全燒掉了。股及脛也被燒傷。

自後，五個墳被稱為「五女塚」。至今還在。

十八、沈恭禮

閿鄉❶縣主簿❷沈恭禮，太和中攝湖城尉❸。離閿鄉日，小疾。暮至湖城，堂前臥。忽有人繞床數匝，意謂從行廳吏雷忠順。恭禮問之。對曰：「非雷忠順，李忠義也。」問曰：「何得來此？」對曰：「某本江淮人，因飢寒傭於人，前月至此縣，卒於逆旅。然飢寒甚，今投君祈一食，兼丐一小帽，可乎？」恭禮許之，曰：「遣我何處送與汝？」對曰：「來暮遣驛中廳子張朝來取。」語畢，立於堂之西楹。

恭禮起坐。忠義進曰：「君初止此，更有事，輒敢裨補❹。」恭禮曰：「可。」遂言：「此廳人居多不安，少間有一女子，年可十七八，强來參謁，名曰審陀僧。君慎不可與之言。或託是縣尹家人，或假四鄰為附，輒不可交言。言則中此物矣❺。」

忠義語畢，卻立西楹未定。堂東果有一女子，峨鬟垂鬢，肌膚悅澤❻，微笑轉盻。謂恭禮曰：「秋室寂寥，蛩啼夜月，更深風動，梧葉墮階，如何罪責羈囚如此耶❼？」

恭禮不動。

又曰：「珍簟牀空，明月滿室，不飲美酒，虛稱少年。」

恭禮又不顧。

又吟曰：「黃帝上天時，鼎湖元在茲。七十二玉女，化作黃金芝。」恭禮又不顧。逡巡[8]而去。

忠義又進曰：「此物已去，少間，東廊下有敬寡婦，王家阿嫂，雖不敢同審陀僧，然亦不得與語。」

少頃，果有一女郎，自東廡下，衣白衣，簪白簪，手整披袍，回命曰：「王家阿嫂，何不出來？」

俄然有曳紅裙紫袖銀帔而來。步庭月數匝，卻立於東廡[9]下。

忠義又進曰：「此兩物已去，可高枕矣。少間縱有他媚來，亦不足畏也。」

忠義辭去。恭禮止之。曰：「為我更駐，候怪物盡即去。」忠義應唯而已。

四更已，有一物長二丈餘，手持三數髑髏若躍丸[10]者，漸近廳簷。

忠義謂恭禮曰：「可以枕擊之。」應聲而擊，擪然而中手[11]，墜下髑髏，俯身掇[12]之。忠義跳下，以棒亂毆出門而去。

恭禮連呼忠義，不復見。而東方已明。與從者具語之，遂令具食及市帽子。召廳子張朝詰之。張曰：「某本巫人也，近者假食為廳吏，具知有新客死客鬼李忠義。」恭禮便付帽子及盤餐等去。

其夜，夢李忠義辭謝。曰：「審陀僧大須防備，猶二三年奉擾耳。」言畢而去。恭禮兩月在湖城，夜夜審陀僧來，終不敢對。後即歸閿鄉。即隔夜而至。然終亦不能為患。半年後，或三夜五夜一來。一年餘，方漸稀。有僧令斷肉及葷辛⓭。此後更不復來矣。

說明

一、本文根據《廣記》與商務《舊小說》校錄，並附加標點符號。
二、括弧中字，係編者所加，以求文脈通順易懂。

註釋

❶閿鄉—閿，音文。閿鄉是河南省之一縣。

❷主簿——唐代地方政府以州、縣二級為骨幹。縣有縣令。其下為縣丞。而後便是主簿。以今日來說，縣令即是縣長。丞是副縣長。主簿是主任秘書。

❸太和中攝湖城尉——太和是唐文宗年號，共九年，自公元八二七至八三五。攝、兼代之意。全句意思是：沈恭禮於太和中代理湖城尉。按縣以令為長官，即今之縣長。丞為副縣長。主簿有如主任秘書。其下即尉。

❹有事輒敢裨補——有話要補充說明。

❺言則中此物矣——一說話便中了她的圈套了。

❻峨鬟垂鬢，肌膚悅澤——頭髮髻梳得高高的，兩鬢又垂下來，皮膚悅目有光澤。

❼如何罪責羈囚如此耶？——為何自己把自己關閉起來呢？

❽逡巡——逡、退後的意思。逡巡、退走。撤退。

❾廡——廳堂兩旁的小屋。

❿躍丸——想必是古時一種雜耍。

⓫擽然而中手——擽，擊中的聲音。碰一下打中手。

⓬掇——拾取。音奪。

⓭葷辛——疑是「葷腥」。即魚、肉一類的食品。

語譯

閿鄉縣的主任秘書，唐文宗太和年間兼理湖城縣尉。離開閿鄉的那一天，有點不舒服。

傍晚到了湖城，臥於堂前。忽然有人繞床走了好幾圈，他以為是隨他來湖城的廳吏雷忠順。他問：「是雷忠順嗎？」那人回道：「不是雷忠順，是李忠義。」問：「怎麼來此地的？」答道：「某本江淮人，因饑寒，受僱於人。前月到此縣，不幸在旅舍中死了。現今又冷又餓，特來投奔先生，懇請賜一餐飯食，兼請給一頂小帽子。可以嗎？」恭禮說：「可以。只是要如何送到你手呢？」答道：「明天晚上請驛中小吏張朝來拿。」說完，站到堂西邊柱子下。

恭禮坐起身。忠義又進言說：「君初到此地，還有一些話想補充說明。」恭禮說：「請說。」忠義遂告訴他說：「住在這個廳中的人多不平安。等一會，有一個年約十七八歲的姑娘會強來拜謁。她叫蜜陀僧。君千萬莫和她接談。她會說是縣尹的家人，或者說是鄰居的女子。不能和她答話。一答話，便落入她圈套中了。」

忠義說話剛完畢，在西邊柱下還沒站好，堂的東邊果然來了一個女子，高高的髮髻黑黑的垂鬢髮絲，光滑悅目的皮膚，顧盼微笑，對恭禮說：「秋室寂寥，蛩啼夜月。更深風動，梧葉墮階。如此良夜，為何自閉若囚人呢？」

恭禮不為所動。

女子又說：「珍簟床空，明月滿室。不飲美酒，少年可惜。」

恭禮仍然不予答理。

女子乃吟道：「黃帝上天時，鼎湖元在茲。七十二玉女，化作黃金芝。」

恭禮還是不顧。女子只好緩緩退走了。

忠義又進言：「這個東西已走了，等一下，東廊又有敬寡婦和王家阿嫂，雖不比蜜陀僧，但也不可以和她們搭訕。」

少時，果然有一女郎，自東邊小屋走出來。一身白衣，頭上戴著白簪，用手整理披袍，回頭叫道：「王家阿嫂怎麼不出來？」

當下即有一位曳著紅裙、穿著紫袖銀色披風的女子出來，在庭中步月數周站在東邊小屋邊。

兩人走後，忠義又說：「這兩個東西都走了，君可高枕無憂了。到時有其他迷人的東西出現也沒什麼可怕的了。」

忠義準備離開。恭禮止住他。說：「請為我更停留一下。等怪物盡了，再走。」忠義唯唯答應了。

四更天左右，有一物事，長二丈餘，手中拿了三幾枚髑髏骨，似乎在玩躍丸的把戲。

忠義對恭禮說：「可以拿枕頭打牠。」恭禮隨聲擊打，「碰」一聲給打中了。把髑體打到了地上。牠低下身來拾取，忠義跳過來，用棍子亂棍把它打出門去了。

恭禮連呼忠義，忠義卻不見了。而東方已發亮，天明了。

恭禮告訴了從人。命他們具飲食，買帽子，召喚廳子張朝問話。張朝說：「某本是巫人，近來作廳吏混飯吃。知道有一個新客死此地的鬼李忠義。」恭禮便把食物和帽子交給了他。

當天晚上，恭禮夢見李忠義來辭謝。並且對恭禮說：「蜜陀僧還是要防備。大約還有兩三年她會來打擾您呢。」說完便不見了。

恭禮在湖城兩個月，蜜陀僧夜夜都來騷擾，恭禮始終不敢答話。回到閿鄉，即隔夜一來。然終未能為患。半年後，或三夜，或五夜，還是會來。一年後，次數漸漸少了。有位高僧令恭禮戒吃葷腥。此後，便不再來了。

十九、薛淙

前進士❶薛淙，元和❷中遊河北衛州界村中古精舍，日暮欲宿，與數人同訪主人僧，主人僧不在，唯聞庫西黑室中呻吟聲。迫而視❸，見一老病僧。鬚髮不剪，如雪。狀貌可恐。

淙乃呼其侶曰：「異哉病僧！」

病僧怒曰：「何異耶？少年子要聞異乎？病僧略為言之。」

淙等曰：「唯唯。」

乃曰：「病僧年二十時，好遊絕國。服藥、休糧❹。北至居延❺，去海三五十里。是日平明，病僧已行十數里。日欲出。忽見一枯立木，長三百餘丈，數十圍。而其中空心。僧因根下窺之，直上，其明通天，可容人。

「病僧又北行數里，遙見一女人，衣緋裙，跣足袒膊❻，被髮而走，其疾如風。漸近。女人問僧曰：『救命可乎？』對曰：『何也？』云：『後有人覓，但言不見，恩至極矣。』須臾，遂入枯木中。

「僧更行三五里，忽見一人，乘甲馬，衣黃金衣，備弓劍之器，奔跳如電。每步可三十餘丈，或在空，或在地。步驟如一。至僧前，曰：『見某色人否？❼』僧曰：『不見。』又曰：『勿藏。此非人，乃飛天夜叉也。其黨數千，相繼諸天傷人，已八十萬矣。今已並擒戮，唯此乃尤者也❽。未獲。昨夜三奉天帝命，自沙叱天❾逐來，至此已八萬四千里矣。如某之使八千人散捉，此乃獲罪於天。師無庇之爾。』僧乃具言。

須臾便至枯木所。僧反步❿以觀之。

「天使下馬，入木窺之。卻上馬，騰空繞木而上。人馬可半木已來，見木上一緋點走出。人馬逐之，去七八丈許。漸入霄漢。沒於空碧中。久之，雨三四十點血⓫，意以為中矢矣。此可以為異。少年以病僧為異，無乃陋乎？」

說明

一、本文據《太平廣記》校錄。分段，並加上標點符號。

二、此文除了前面開頭數語之外，全由第一人稱寫出。唐人志怪中不多見。

註釋

❶前進士——《唐摭言》卷一《述進士》下篇：得第謂之前進士。換句話說：已考取了進士，稱為「前進士」。
❷元和中遊河北衛州——元和，唐憲宗年號，共十五年。衛州，約當今河北省濮陽縣西南。
❸迫而視——走近前來看。
❹好遊絕國、服藥、休糧——喜歡遊覽古怪的地方，服用丹藥，絕飲食。
❺跣足袒膊——赤著腳，露出肩胛。
❻乘甲馬——騎著有甲胄保護著的馬。
❼見某色人否？——有沒有看到如此這般的人？
❽此乃尤者也——特別厲害的一個。
❾沙叱天——應是一個處所。
❿僧反步以觀之——走回頭來看熱鬧。
⓫雨三四十點血——三四十點血，如雨灑下。猜想夜叉已被誅殺，故血點點飄下如雨。
⓬無乃陋乎？——可不是太菜了嗎？陋、劣也。「差勁」之意。年青人所謂的「菜」。

語譯

進士薛淙，唐憲宗元和年間，遊覽河北衛州界村中一處古精舍，天將暮，想投宿，和同伴數人拜會精舍的主人僧，主人僧不在，聽到倉庫西邊的一間黑房中有呻吟之聲。走近前一看，只見一個老病僧人。鬚髮未剪，白如冬雪，狀貌甚為恐怖。

薛淙對他的同伴說：「這個有病的和尚好怪異呀！」

病僧說：「什麼怪異？要知道真正怪異的事嗎？老僧說給你聽。」

薛淙和他的朋友都說：「好。」

病僧於是說：

我年二十來歲時，喜歡遊覽古怪的地方，服用丹藥，和辟穀。我往北方一直到了居延。去海三五十里。這天平明，我已走了十幾里路，太陽將要出來。忽然看見一顆枯樹，高三百餘丈，大數十圍，中心卻是空的。我從根部向上探望，可以看見天。裡面可容納很多人。

我再往北走了幾里路。遠遠看見一個女人，穿的是紅裙，赤腳露臂，披髮而行，速度快得像風。漸漸走近了。女人問我：「可不可以請你救命。」我說：「如何救？」她說：「後面有人追尋而來。你只要說沒見到我，你的恩就大了。」倏乎之間，便進入了枯木中。

我又往前走了三五里路，忽見一人，騎著帶有衣甲的馬，穿著金色的衣服，持有弓劍等兵器，奔走如電閃一般快捷。一步便是三十餘丈。或在空中，或在地上，步度不變。看到我，問：「有沒見到如此形象的一個女子否？」我說：「沒有。」他說：「不要掩瞞。那東西不是人，是飛天夜叉。他們有黨好幾千，前前後後在諸洞天傷人，超過八十萬了。現都已被擒住戮殺掉。只有這一個是最厲害的，尚未抓住。昨夜三次得到天帝的命令，從沙叱天一直追牠追過來，走了八萬四千里路了。像我這樣的使者八千人聽命緝捕。這東西獲罪於天，你和尚不可包庇牠！」

我只得將詳情告訴了他。

其人一忽間便到了枯木所在。我卻反身走回，看著他如何行動。

只見天使下了馬，進枯木探查了一下，再上馬，騰空繞著枯木向上走。人馬差不多走完了一半路程，只見一個紅點飛出，天使在後追逐。相去七八丈遠，漸漸的沒入雲中。過了好一會兒，空中洒下三四十點血。大概是那怪物中了箭。

「這才是奇怪的事呢！」病僧說。「你們以我為異，真是孤陋寡聞！」病僧最後對薛淙等人說。

二十、張不疑

南陽張不疑，開成❶四年，宏詞登科❷。授秘書❸。遊京，假丐於諸侯迴❹。以家遠無人，患其孤寂，寓官京國。欲市青衣❺，散耳目於閭里間❻。旬月內，亦累有呈告者，適憎貌未偶❼。

月餘，牙人來云：「有新鬻❽僕者，請閱焉。」不疑與期於翌日。

及所約時至，抵其家。有披朱衣牙笏者，稱前浙西胡司馬❾，揖不疑就位。與語甚爽朗。云：「某少曾在名場❿，幾及成事。曩以當家使於南海，蒙攜引數年。職於嶺中，偶獲婢僕等三數十人。自浙右已歷南荊，貨鬻殆盡。今但有六七人，承牙人致君子至焉。」

語畢，一青衣捧小盤，各設於賓主位。俄攜銀罇金盞，醪醴芳新⓫，馨香撲鼻。不疑奉道，常御酒止肉⓬。是日，不覺飲數杯。

朱衣人命諸青衣六七人，並列於庭。曰：「唯所選耳。」

不疑曰：「某以乏於僕使，今唯有錢六萬，願貢其價⑬，卻望高明，度六萬之直者⑭一人以示之。」

朱衣人曰：「某價翔庫⑮，各有差等。」遂指一鵶鬟重耳者曰：「春條可以償耳。」不疑睹之，則果是私目者矣。即日操契付金⑯。

春條善書錄，音旨清婉⑰。所有指使，無不愜適。又好學，月餘日，潛為小詩。往往自放戶牖間題詩云：「幽室鎖妖艷，無人蘭蕙芳。春風三十載，不盡羅衣裳⑱。」

不疑深惜其才貌明慧。如此兩月餘。不疑素有禮奉門徒尊師⑲，居昊天觀⑳。相見。因謂不疑曰：「郎君有邪氣絕多！」

不疑莫知所自。

尊師曰：「得無新聘否？」

不疑曰：「聘納則無，市一婢耳。」

尊師曰：「禍矣！」

不疑恐，遂問計焉。

尊師曰：「明旦告歸，慎勿令覺。」

明早，尊師至，謂不疑曰：「喚怪物出來。」

不疑喚，春條泣於屏幕間。亟呼之，終不出來。

尊師曰：「果怪物耳。」斥於室內閉之。尊師焚香作法，以水向東噀㉑者三。謂不疑曰：「可往觀之，何如也？」

不疑視之曰：「大抵是舊貌，但短小尺寸間耳㉒。」

尊師曰：「未也。」復作法禹步㉓，又以水向門而噴者三。謂不疑：「可更觀之，何如也？」

不疑視之，長尺餘，小小許，殭立不動。不疑更前視之，乃仆地。撲然作聲㉔。視之，一朽盟器㉕。背上題曰：「春條」。其衣服若蟬蛻然。繫結仍舊。不疑大驚。

尊師曰：「此妖物腰腹間已合有異。」令不疑以刀劈之，腰繫間果有血㉖，浸潤於目矣㉗。遂焚之。

尊師曰：「向使血遍體，則郎君一家皆遭此物也。」自是不疑鬱悒無已。豈有與盟器同居而不之省？殆非永年。每一念至，惘然數日。如有所失。因得沈痼。遂請告歸寧㉘。

明年，為江西辟㉙，至日使淮南，中路府罷。又明年八月而卒。卒後一日，尊夫人繼歿。道士之言果驗。

說明

一、本文據《太平廣記》校錄，並分段，外加標點符號。

二、本文費解之處頗多，惜尚無其他書冊可予對照校補。

註釋

❶開成四年——唐武宗年號。四年為公元八三九年。

❷宏詞登科——考取了博學宏詞科。唐自開元十九年起，創設「博學宏詞」制科，以考拔博學能文之士。

❸授秘書——作了秘書的官。

❹假丐於諸侯迴——此句費解，似有錯漏。可能是：租屋住在「諸侯迴」的地方。

❺欲市青衣——想買一個女婢。古時，賤者服青衣，後世因以「青衣」為婢女之稱。

❻散耳目於閭里間——向鄰里傳言他要買婢女的事。

❼亦累有呈告者二句——很多人向他報說有婢女賣，但憎厭要出賣的婢女，相貌不好。因而沒買成。「偶」，意為「合」。「諧」。未偶，即未諧之意。

❽鬻——音育，賣也。
❾前浙西胡司馬——唐都督府，都督為主官。其下為長史。其下又設有司馬二人。官品由從五品下至從四品下。
❿名場——指考試的「闈場」。以其為士子爭名之處。
⓫醪醴芳新——醪，醇酒味甜。醴，一宿熟之酒。前者「芳」，後者「新」也。
⓬常御酒止肉——常節制飲酒而不吃肉類。
⓭願貢其價——願上六萬錢的價錢。
⓮度六萬之直者——認為值六萬的青衣。
⓯某價翔庳——「翔庳」，疑為「翔貴」或「翔實」。
⓰即日操契付金——當天便立契約，付款。
⓱音旨清婉——「旨」為美的意思。日本人用「旨い」（讀如UMAI）表示「好吃」、「美好」、「工巧」。
按日人唐時留學生甚多，將此字帶回日本。此處表示春條的聲音美好，清音婉轉。
⓲幽室：一詩——讀來陰氣森森，標準「鬼詩」也。
⓳禮奉門徒尊師——以門徒自居而禮拜的師尊、道人。
⓴居旻天觀——旻，音珉，秋天也。旻天，天之統稱。和尚居廟中，道士則居道觀中。旻天觀，即道家之寺廟。
㉑噀——噴水也。
㉒短小尺寸間耳——「大小」小了一點。
㉓禹步作法——凡步履不相過者，謂之禹步。據說夏禹治水，病足，故引跛。道士、巫人作法，常效其步法。
㉔樸然作聲——碰的一聲。
㉕盟器——祭祀用的東西。

㉖腰緊間果有血——「緊」字可能有誤。
㉗浸潤於目矣——血都浸到眼中了。「浸潤」，有「滲透」之意。
㉘歸寧——歸省父母，通常用於女子，但古時男子也可用。
㉙辟——徵辟任用。

語譯

南陽人張不疑，唐武宗開成四年考中了宏詞制科，授任為秘書，遊京城，租住在諸侯迴的地方。由於離家太遠，寄寓京國，不免孤單寂寞。於是想買一個女婢。在鄰里中放出話去。十天一月之內，也常有人來呈告者，都因貌相醜陋，未能成交。

月餘，有牙人（仲介）來說：「有新賣婢僕的人，請來看看。」不疑約好次日見面。

到了約定的時候，不疑來到一處人家。有一位披著朱衣拿著牙笏的人，自稱是前浙西任司馬的胡某，揖不疑就座。其人談吐甚為爽朗。他說：「某（自稱）年青時也曾經在考場中打混，差一點成功了。從前，我們主人在南海任事，拉拔了我好幾年。在嶺中任事。偶然獲得婢僕三數十人，自浙右到南荊，幾乎都脫手了。現在只有六七人。承牙人告知您有意購買。」

說完話，便有一個青衣女婢，捧上小盤，分設於賓主位上。再放上金盞銀罇，獻上醪醴酒，芳香撲鼻。不疑奉道，常御（停止）酒止肉。這天，不覺喝了幾杯。

朱衣人叫六七個女婢並列於庭中，對不疑說：「請君挑選。」

不疑說：「我因為缺少侍候的僕人。今有錢只六萬，願全數拿出來，希望高明指給一個值六萬的給看看。」

朱衣人說：「我的價錢很實在，各有差等。」於是他指著一個頂著烏黑鬟髻的女婢說：「春條足可以抵得過。」不疑注視她，果然是自己私自看中的。即日訂了契約，付了價款。

春條善於抄錄，聲音也清婉可愛。只要有吩咐，都能令不疑滿意。而且好學，偷偷的學寫小詩。常常把作的詩放在窗戶間。有詩云：

幽室鎖妖艷，無人蘭蕙芳。
春風三十載，不盡羅衣裳。

不疑很喜歡春條有才有貌，不覺便過了兩個多月。不疑奉道，他所尊奉的老師，住在旻天觀。一天見到，他對不疑說：「郎君如何有絕多的邪氣呢？」

不疑莫知從何得到。

尊師說：「得非新僱用了人？」

不疑說：「聘納到沒有，只是買了一個婢女。」

尊師說：「那正是禍所自來。」

不疑害怕，因問有什麼辦法。

尊師說：「明日告歸，慎莫令婢女知道。」

次晨，尊師到了，對不疑說：「把怪物叫出來。」

不疑叫喚，春條只是在屏幕之間哭泣。亟喚她，終不肯出來。

尊師說：「果然是怪物。」叱喝把春條關在室中。尊師焚香作法，含水向東方噴了三次。而後對不疑說：「可去看看，是怎麼了。」

不疑看了看，說：「還是老樣子，只是尺寸小了一些。」

尊師說：「還沒有完。」於是再作法，行禹步，又含水對著房門噴了三次。對不疑說：「再去看看，怎麼樣了？」

不疑再看，春條只有一尺餘長，小了少許，殭立不動。不疑更靠前看，春條於是仆倒地上，撲然發出響聲。接近一看，原來是一個已腐朽了的盟器。背上題著「春條」兩個字。她的衣服好像蟬殼一樣褪了下來，打的結還在。不疑大吃一驚。

尊師說：「這個妖物腰腹部該有異樣了！」他命不疑用刀劈，果然腰腹間有血流出。血都浸潤到眼睛了。遂把整個盟器燒掉。

尊師說：「假使此一怪物全身都有了血，郎君一家人都會受牠的害的。」

自此之後，不疑常鬱悒難解。怎麼同盟器同居還不知覺？看來是要短命了。每一想到，好幾日都迷迷惘惘，如有所失。久而久之，便得了久治無效的大病。於是告假回鄉省父母。

次年，為江西方面徵辟任官。到任又出使淮南。又一年八月，病逝家中。歿後一日，夫人相繼逝世。道士的話果然沒錯。

二十一、劉希昂

元和❶中，內侍劉希昂將遇禍，家人上廁，忽聞廁中云：「即來，且從容❷。」家人驚報希昂。希昂自往聽之，又云：「即出來，即出來。」昂曰：「何不出來？」遂有一小人，可長尺餘，持鎗跨馬，而走出迅疾，趂❸不可及。出門而無所見，未幾復至。七月十三日中，忽有一白衣女人，獨行至門。曰：「緣遊看，去家遠，暫借後院盤旋可乎❹？」希昂令借之，勒❺家人領過，姿質甚分明。良久不見出。遂令人覘之，已不見。希昂不信，自去觀之，無所見。唯有一火柴頭在廁門前。家屬相謂曰：「恐有火災起。」覓術士鎮壓之。當鎮壓日，火從廚上發，燒半宅且盡。至冬，希昂忤憲宗，罪族誅❻。

說明

一、本文據《太平廣記》與商務《舊小說》校訂。並分段，加上標點符號。
二、第四段，「持鎗跨馬。」《廣記》作「一家持鎗跨馬。」
三、第四段末，《廣記》作「出門而無所見。未幾而復至。」
四、第七段：「恐有火災起。」《廣記》作「此是火災欲起。」

註釋

❶元和——唐憲宗年號。共十五年。
❷且從容——從容，舒緩也。且從容，意思是「別急」，「慢慢來」。
❸趂——即「趁」字。逐也。
❹緣遊看三句——「因為遊玩觀光，離家太遠了，暫借後院休息一下，可以嗎？」盤旋，稍稍走動休息之意。
❺勒家人領過——命令家人把白衣女子領到後院。勒，控制之意。
❻族誅——一人犯罪，誅及親族。春秋之時，秦文公首定三族之誅。後來有「誅九族」、甚至「誅十族」的

事實。

語譯

唐憲宗皇帝元和年間，內侍劉希昂將遇禍前，家人上廁所，忽聽到有人在廁所中說：「馬上出來，不要急！」

家人大驚，往報希昂。希昂自己去聽。果然有人叫：「即刻出來。即刻出來。」希昂說：「為何不馬上出來？」

於是有一個持槍跨馬、長只尺餘的小人，迅速奔了出來，追也追不到。出門便不見。過一會又來。

七月十三日中午，忽然有一位穿著白衣的女人，獨自來到門前，說：「因為貪遊玩，去家太遠了。可否借後院暫時休息一下？」

希昂令家人借後院給婦人休息。命令家人帶婦人過去。其人姿色氣質都很分明。卻良久不見出來。打發人往後院覘視，那婦人卻不見了。希昂不信，自己去察看，果然一無所見。只有在廁所門前發現一支火柴頭。

家屬互相走告，說：「可能會發生火災。」特地找術士來施法鎮壓。鎮壓當天，火從廚上，燒燬了半個房子。

到了冬天，希昂得罪了憲宗皇帝，判族誅。

二十二、楊知春

開元中❶，忽相傳有殭人在地一千年，因墓崩，殭人復生。不食五穀，飲水吸風而已。時人呼為地仙者。或有呼為妄者。或多知地下金銀積聚焉。好行吳、楚、魯、齊間。有二賊，乘殭人言，乃結兇徒十輩，於濠、壽開發墓❷。至盛唐縣界。發一塚，時呼為白茅塚。

發一丈，其冢有四房閣。東房皆兵器，弓、矢、槍、刃之類悉備。南房皆繒彩❸，中奩隔，皆錦綺❹，上有牌云：「周夷王所賜錦三百端。」下一隔皆金玉器物。西房皆漆器，其新如昨。

北房有玉棺。中有玉女，儼然如生❺。綠髮稠直，皓齒編貝。穠纖修短中度❻。若素畫焉。衣紫帔，繡袜珠履，新香可愛❼。以手湝之❽，體如暖焉。

玉棺之前有一銀樽酒。兇徒競飲之，甘芳如人間上罇❾之味。各取其錦綵寶物。

玉女左手無名指有玉鐶。賊爭脫之。一賊楊知春者曰：「何必取此？諸寶已不少。」久不可脫。競以刀斷其指。指中出血，如赤豆汁。知春曰：「大不仁。有物不能贖，卒斷其指，痛哉！」衆賊出冢，以知春為詐，共欲殺之。一時擧刀，皆不相識。九人自相斫，俱死。知春獨存。遂卻送所掠物於冢中，粗以土瘞之而去。知春詣官，自陳其狀。官以軍人二十餘輩修復。復尋討銘志，終不能得。

說明

一、本文據《太平廣記》卷三百八十九第二十六篇校錄，並予以分段，加註標點符號。

二、顧氏文房本《博異志》未載此文。

註釋

❶開元中——開元為唐玄宗年號，共二十九年。公元七一三至七四一年。

❷於濠、壽開發墓——唐之濠州，即今之安徽鳳陽。壽州亦在安徽。此句應作「於濠、壽間發墓。」原文「開」字，當係「間」字之誤。發墓，盜發墳墓也。

❸繒綵——繒、帛之總名。綵也是繒。繒綵，各種衣料。

❹中奩隔，皆錦綺——錦綺，繒之有文者曰綺。鮮明美麗曰錦。奩本是盛物之小盒。

❺儼然如生——宛然如生。

❻綠髮稠直三句——一頭又密又直的秀髮，雪白的牙齒，十分整齊。不肥不瘦，高矮合度。穠是肥胖，纖是細瘦。中度是合度，恰恰好。

❼衣紫帔三句——穿著紫色的帔風，刺了繡的袜子和鑲有珠子的鞋，既清新又香噴噴的可愛。

❽以手循之——循，隨順而撫摩之也。

❾上罇——上等酒。

語譯

唐玄宗開元年間，忽然有傳聞說，一處古墓崩壞，埋在地下一千年的殭屍復生。殭屍不食五穀，只喝水，吸空氣。當時人稱之為地仙。或有說這全是胡說八道。或謂殭屍能看到地下的金銀財寶，好在吳、楚、魯、齊諸地行走。

有兩個賊人，乘人說有殭人之存在時，結合兇徒共十人，在濠州和壽州間盜墓。到盛唐縣（地名可能有誤）界，盜發一個墓，時人稱之為白茅冢塚。

挖下一丈，塚中有四個房間。東房全是兵器。弓、矢、槍、刀之類全有。南房都是衣料。中層是錦綺。妝奩上有牌云：「周夷王所賜錦三百端。」下一層則是金、玉器物。西房中全是漆器，似乎是全新的。

北房中有一玉棺。中有玉女，莊嚴如生。綠髮又密又直，牙齒又白又整齊。不胖也不瘦，不高也不矮。穿的是紫色帔，綉袜珠鞋，新香可愛，用手撫摸，體猶溫暖。

玉棺之前有一銀樽酒。兇徒大家都搶著喝。酒的甘香，可比得上人間的上品。之後，大家又都奪取錦綵寶物。

玉女左手無名指上有一只玉鐶，眾賊爭相搶脫。

一賊叫楊知春的說：「寶物已夠多了，何必一定要拿這枚戒指呢？」

戒指許久脫不下來，眾賊競以刀斬其手指。手指出血，狀如紅豆汁。

知春說：「真是太不仁了。有物拿不到，竟斷人手指。痛哉！」

眾賊出了墓，認為知春有詐，都想殺他。一時舉刀相向，卻認不出彼此。九人自相斫殺，都死了。只有知春一人沒事。

知春因將所掠物全放回家中，再粗粗的把土填回去。

知春向官府自陳其事。官府派了二十幾位阿兵哥修復其墓。但墓的銘誌卻始終找不到。

編者註：法國作家梅里米有一篇小說，敘說兩人在球場打網球。冠軍球員新婚，手上帶著婚戒，只覺防碍抽球。他把戒指戴到場邊一希臘女神石像的手指上。打完球，他要取回戒指，石像手指卻彎了起來，戒指無法拿下。當晚睡覺，在旅館中。旅客但聽見有體重甚重的人半夜經過，次日發現那位冠軍球員已死。他胸前似被重手壓擊過，肋骨全斷，胸上有一個清晰的戒指印。

這個故事，和「楊知春」頗有相通之處。

二十三、蘇遏

天寶❶中，長安永樂里有一凶宅，居者皆破❷。後無復人住。暫至，亦不過宿而卒❸，遂至廢破。其舍宇唯堂廳存，因生草樹甚多。

有扶風蘇遏，悾悾遽苦貧窮❹，知之。乃以賤價於本主質❺之。纔立契書，未有一錢歸主，至夕，乃自攜一榻，當堂鋪設而寢。一更已❻後，未寢，出於堂滂徨而行。忽見東牆下有一赤物，如人形，無手足。表裡通澈光明。而叫曰：「咄！」❼遏視之，不動。良久，又按聲呼曰：「爛木！咄！」西牆下有物應曰：「諾。」問曰：「甚沒人❽？」曰：「不知。」

又曰：「大硬鏘。」❾爛木對曰：「可畏。」良久，乃失赤物所在。

遏下階，中庭呼爛木。曰：「叫汝者誰？」對曰：「金精也。合屬君。」

遏曰：「金精合屬我。緣沒敢叫喚？」對曰：「不知。」遏又問：「承前殺害人者在何處？」爛木曰：「更無別物。只是金精。人福自薄，不合居之，遂喪逝。亦不曾殺傷耳。」至明更無事。

遏乃自假鍬鍤之具⑩，先於西牆下掘入地三尺，見一朽柱，當心木如血色，其堅如石。後又於東牆下掘兩日，近一丈，方見一方石，闊一尺四寸，長一尺八寸。上以篆書曰：「夏天子紫金三十斤，賜有德者。」

遏乃自思：「我何以為德？」又自為計曰：「我得此寶，然修德亦可禳之。」沉吟未決。至夜，又嘆息不定。其爛木忽語曰：「何不改名為有德，即可矣。」遏曰：「善。」遂稱「有德」。爛木曰：「君子倘能送某於昆明⑪池中，自是不復撓⑫吾人矣。」有德許之。明晨，更掘丈餘，得一鐵甕。開之，得紫金三十斤。有德乃還宅價。修葺，送爛木於昆明池。遂閉戶讀書。三年，為范陽請入幕。七年，內獲冀州刺史。其宅更無事。

說明

一、全文根據《廣記》、世界本《博異志》、及商務《舊小說》三書校錄。

二、第七段「自假鍬鍤之徒」，依《廣記》本及明抄本改為「鍬鍤之具。」
三、標點符號編者後加。
四、第五段「『叫汝者誰？』對曰：『金精也。合屬君。』」這幾句《廣記》中沒有。
五、第七段：「鍬鍤之具」，商務本作「鍬鍤之徒。」

註釋

❶天寶——唐玄宗年號，共十五年。
❷居者皆破——此處，「破」當是「死」的同義字。
❸亦不過宿而卒——也不過住宿一晚便死掉。
❹悾悾遽苦貧窮——悾悾，誠懇也。而苦於貧窮。
❺質——買。
❻一更巳後——一更以後。古「巳」「以」通用。
❼咄——有如今日美國人見面時說：「HI！」
❽甚沒人？——甚麼人？
❾大硬鏘——費解。大概指蘇遏是一位命硬強的人。
❿鍬鍤之具——鍬鍤，音秋插，挖地取土的工具。

⓫昆明池——昆明池有三，雲與之滇池、洱海、均稱昆明池。另一在陝西長安西南，周圍四十里，唐習水戰於昆明池。

⓬自是不復撓吾人矣——撓、擾也。此處「吾」字疑衍。意思是：從此不再打擾人了。

語譯

唐玄宗天寶中，長安永安里有一凶宅。居住者都會死。後來沒有人敢進住。暫住的人，也都是一晚便死。那屋因此便被廢棄了。全屋只有廳堂還在。屋中生滿了草和樹。

扶風有個蘇遏，人甚誠懇卻苦於貧窮。知道凶屋，於是用非常賤的價錢向屋主典下。契約才定妥，還沒有給一片錢給屋主。夜幕來臨，蘇遏自己拿了一張床，在堂屋裡舖設就寢。一更後，他還未入睡，到堂外往來踱步。忽見東邊牆下有一個紅紅的東西，好似人，卻沒手腳，裡外透明。叫道：「喂！」遏近前觀看，其物不動。

過了好一會，又叫道：「爛木，喂！」西牆下有應聲。「是。」問：「甚麼人？」曰：「不知。」

又曰：「大硬鏘。」爛木答道：「可怕。」又過了好一會，紅紅的東西不見了。

遏下台階，在中庭呼叫爛木說：「甚麼人叫你？」答道：「是金的精，命中註定是屬於你的。」

遏說：「金精既將是屬於我的，為什麼不敢叫我？」

答道：「不知。」

蘇遏又問：「從前殺人的，在那裡？」

爛木說：「更沒有誰。只有金精。那些人沒有福緣，不應該住這裡。自然死亡。並不曾殺傷。」

直到天亮，沒有發生任何事。

蘇遏於是借了鍬、鍤等工具，先在西牆下開挖。掘入地下三尺，發現一根木柱，已朽，木心如血色，堅硬得像岩石。後又在東牆下掘了兩天，掘了差不多有一丈深，方見到一方石頭。闊一尺四寸，長一尺八寸。上面有篆書寫道：「夏天子紫金三十斤，賜有德者。」

蘇遏自忖：「我怎麼有德？」又想：「我得了這些金子，作一些修德之事，不就可以解決嗎？」思前想後，歎息未定。忽然爛木卻發話說：「何不改名為有德？不就行啦。」遏道：「好。」遂稱自己為「有德。」

爛木又說：「君子若能把我送到昆明池中，自後便不會再打擾人了。」蘇遏——現稱蘇有德——一口答應了。

第二天一早，更掘地丈餘，得到一鐵甕。打開來，裡面有紫金三十斤。有德於是把房價給了原主人。又將屋修葺了一番，把爛木送去昆明池。之後，閉門讀書。三年，入范陽幕。七年，任冀州刺史。那一座「凶宅」更無任何怪事，一點也不「凶」了。

二十四、韋思恭

元和六年❶，京兆韋思恭與董生、王生三人結友於嵩山岳寺肄業。寺東北百餘步，有取水盆在岩下。圍丈餘而深可容十斛。旋取旋增，終無耗。一寺所汲也❷。

三人者，自春居此，至七月中，三人乘暇欲取水，路臻於石盆❸。見一大蛇，長數丈，黑若純漆。而有白花似錦，蜿蜒盆中❹。三子見而駭，視之良久。

王與董議曰：「彼可取而食之。」

韋曰：「不可。昔葛陂之竹，漁父之梭，雷氏之劍❺，尚皆為龍。安知此名山大鎮豈非龍潛其身耶？況此蛇鱗甲尤異於常者，是可戒也。」

二子不納所言，乃投石而扣蛇❻且死，縈❼而歸烹之。二子皆咄韋生之詐潔❽。

俄而報盆所又有蛇者。二子之盆所，又欲擊。韋生諫而不允。二子方舉石欲投，蛇騰空而去。

及三子歸院，烹蛇未熟，忽聞山中有聲，殷然❾地動。覘之❿，則此山間風雲暴起，飛沙走石，不瞬息至寺。天地晦暝，對面相失⓫。

寺中人聞風雲暴起中云：「莫錯擊！」須臾雨火中半下⓬書生之宇，並焚蕩且盡。王與董皆不知所在，韋子於寺廊下⓭無事。

故神化之理，亦甚昭然。不能全為善，但吐少善言，則蛟龍之禍不及矣。而況於常行善道哉？

其二子尸，迨兩日於寺門南隅下方索得。斯乃韋自說。至於好殺者，足以為戒矣。

說明

一、本篇依據商務《舊小說》與《太平廣記》卷四二二校錄。

二、第八段「書生之字。」依《廣記》校正為「書生之宇。」

三、分段、標點符號，均出編者之手。

註釋

❶元和六年——唐憲宗元和六年，為公元八一一年。
❷圍丈餘四句——取水盆四周圍才一丈多。盆深可容十斛左右。但水一取去，旋即充滿。永遠不會耗損。一寺之人都汲取盆中之水飲用。斛——古時一斛為十斗。後來為五斗。
❸路臻於石盆——臻、至也。走路到了石盆所在。
❹蜿蜒盆中——蜿蜒，龍、蛇行走之貌。
❺葛陂之竹三句——《神仙傳》載：費長房從壺公遊，壺公給長房一根竹子，讓他騎回家。到家後，長房將竹子棄之葛陂。視之，乃青龍。漁父撒網，網住一尺長左右的魚。鱗色有異。拋入水中，即化龍而去。又寶劍化龍的故事，《廣記》中多有記載。
❻投石扣蛇——丟石頭打蛇。扣，擊也。
❼縈——旋繞之意。
❽二子皆咄韋生之詐潔——兩人都嘲笑韋生的假正經（詐作愛乾淨。）
❾般然地動——地震動得很厲害。般，大也。
❿覘——ㄓㄢ，窺視。
⓫天地晦暝，對面相失——天色昏暗，對面不見人。
⓬須臾雨火中半下——此句似有脫誤。

⓭寺廊下——原係「廓下。」「廓」當是「廊」之誤。

語譯

唐憲宗元和六年，京兆韋思恭和董、王二生，三人結伴到嵩山岳寺讀書。寺的東北方百餘步路處，有一個取水盆。就在岩石下方。周圍約一丈多，深可容納十斛。水旋取旋滿，始終無耗損。一寺人全靠這個水源。

三人春天來到山寺。七月中，三人乘空閑時往取水。來到石盆近旁，只見一條大蛇，長有數丈，漆黑的蛇皮上有白花紋似錦，蜿蜒在水盆中。三人見了，不免大吃一驚，注視好一會。王、董兩人商議說：「這條蛇可拿來吃。」思恭說：「不可以。從前丟在葛陂的竹子，漁父網到的鯪魚，雷氏的劍，都係龍所化。怎麼知道這名山大鎮之中不是龍潛身之地？何況這條蛇的鱗甲尤其和平常的蛇不同，應引以為戒！」

兩人不聽他的話。他們用大石頭丟蛇，直到蛇死了，他們把蛇帶回去烹調。兩人還笑韋思恭「裝模作樣。」

忽然又有人報稱：水盆中又有蛇。三人來到盆所，王、董二人又要用大石來打蛇，韋思謙勸也沒有用。兩人剛拿起石块要丟，那蛇竟騰空而去了。

三人回到住處，蛇肉還沒煮熟，只聽得山中發出大聲，地震動得很厲害。放眼一看，只見山間風雲突然大起，飛沙走石，片刻之間便到了山寺。天色昏暗，對面都見不到人。

寺中有人聽到暴風雲中有人說：「莫打錯人！」立刻有火像下雨一般下下，燒到三人所住的房子，一時焚燬得幾乎全沒有了。王董二人則下落不明。韋思恭在寺廊下，安然無事。

兩日後，王董二人的屍體在寺門南邊下方發現。

這故事是韋思恭親自說的。對好殺生害命者，足以為戒。

二十五、李黃

元和❶二年，隴西李黃，鹽鐵使遜之猶子也❷。因調選次，乘暇於長安東市，瞥見一犢車。侍婢數人於車中貨易。

李潛目❸車中，因見白衣之姝，綽約有絕代之色❹。

侍者曰：「娘子孀居，袁氏之女，前事李家，今身衣李之服❺。方除服，所以市此耳。」

又詢：「可能再從人乎？❻」

乃笑曰：「不知。」

李子乃出與錢帛，貨諸錦繡❼。婢輩遂傳言云：「且貸錢買之。請隨到莊嚴寺左側宅中，相還不負。」

李子悅。時已晚，遂逐犢車而行。礙夜❽方至所止。

犢車入中門。白衣姝一人下車，侍者以帷擁之而入。

李下馬。俄見一使者將榻❾而出。云：「且坐。」

坐畢，侍者云：「今夜郎君豈暇領錢乎？不然，此有主人否❿？且歸主人，明晨不晚也。」

李子曰：「迺今無交錢之志，然此亦無主人，何見隔之甚也？⓫」

侍者入。復出曰：「若無主人，此豈不可？但勿以疏漏為誚也。」

俄而侍者云：「屈郎君。」

李子整衣而入，見青服老女郎立於庭。相見曰：「白衣之姨也。中庭坐。」

少頃，白衣方出。素裙粲然，凝質姣若⓬。辭氣閑雅，神仙不殊。略序款曲，翻然卻入⓭。

姨坐謝曰：「垂情與貨諸彩色⓮，比日⓯來市者，皆不如之。然所假若何？深憂愧⓰。」

李子曰：「綵帛麤繆⓱，不足以奉佳人服飾。何敢指價乎？」

答曰：「渠淺陋，不足侍君子巾櫛。然貧居有三十千債負。郎君儻不棄，則願侍左右矣。」

李子悅，拜於侍側。俯而圖之。李子有貨易所，先在近。遂命所使取錢三十千，須臾而至。堂西間門，剨然⓲而開。飯食畢備，皆在西間。姨遂延李子入坐。

女郎旋至，命坐。拜姨而坐。六七人具飯。食畢，命酒歡飲。一住三日，飲樂無所不至。

第四日，姨云：「李郎君且歸，恐尚書怪遲⓳，後往來亦何難也。」

李亦有歸志，承命拜辭而出。上馬。僕人覺李子有腥臊氣異常。遂歸宅。問：「何處許日不見？」以他語對，遂覺身重頭旋，命被而寢⑳。

先是婚鄭氏女。在側云：「足下調官已成，昨日過官，覓公不得。某二兄替過官，已了㉑。」李答以媿佩之辭。

俄而鄭兄至，責以所往行。李已漸覺恍惚，祗對失次㉒，謂妻曰：「吾不起矣！」口雖語，但覺被底身漸消盡。揭被而視，空注水而已。唯有頭存。家大驚懾。呼從出之僕考之，具言其事。乃去尋舊宅所，乃空園。有一皂莢樹。樹上有十五千，樹下有十五千。餘了無見。

問彼處人。云：「往往有巨白蛇在樹下，便無別物。」

姓袁者，蓋以空園為姓耳。

復一說：

元和中，鳳翔節度㉓李聽從子琯，任金吾參軍，自永寧里出遊。及安化門外，乃遇一車子，通以銀裝，頗極鮮麗，駕以白牛，從二女奴，皆乘白馬，衣服皆素，而姿容婉媚。琯貴家子，不知檢束，即隨之。

將暮焉。二女奴曰：「郎君貴人，所見莫非麗質。某皆賤質，又麤陋，不敢當公子厚意。然車中幸有姝麗，誠可留意也。」

琯遂求女奴，乃馳馬傍車。

（女奴）笑而迴曰：「郎君但隨行，勿捨去。某適已言矣。」

琯既隨之，聞其異香盈路。日暮，及奉誠園。

二女奴曰：「娘子在此之東。今先去矣。郎君且此迴翔24，某即出奉迎耳。」

車子既入，琯乃駐馬於路側。

良久，見一婢出門招手。琯乃下馬，入座於廳中。但聞名香入鼻，似非人世所有。琯遂令人馬入安邑里寄宿。黃昏後，方見一女子，素衣，年十六七，姿艷若神仙。琯自喜之心，所不能諭。及出，已見人馬在門外。遂別而歸。才及家，便覺腦痛。斯須25益甚。至辰巳間，腦裂而卒。

其家詢問奴僕昨夜所歷之處，從者具述其事。云：「郎君頗聞異香。某輩所聞，但蛇臊不可近。」舉家冤駭26。遽命僕人於昨夜所止之處覆驗之，但見枯槐樹中有大蛇蟠屈之跡。乃伐其樹。發掘，已失大蛇。但有小蛇數條，盡白。皆殺之而歸。

註釋

❶元和—唐憲宗年號。共十五年。元和二年當西元八〇七年。

❷鹽鐵使遜之猶子也—唐史中所載李遜，乃趙郡李，非隴西。此處李遜，乃小說家假託，並無其人。猶子，姪也。兄弟的兒子之謂。鹽鐵使，官名。

❸潛目車中—偷偷的窺視車內。目在此為動詞。

❹因見白衣之姝兩句—姝，原為美好之意。白衣之姝，在此處為：穿白孝衣美麗女郎。綽約、舒而不縱之意。以今日的白話來說，就是「從容」、曼妙。

❺今身衣李家之服—服、帶孝。丈夫死了，妻子穿白衣服帶孝。除服，帶孝的日期已經滿了。

❻可能再從人乎？—可能再嫁人嗎？

❼李子兩句—李黃給與錢幣，購買精麗的服飾用品。錦繡，精麗之服飾。

❽礙夜—到了夜晚，才到所居停之處。

❾榻—床之低而小者曰榻。古時睡床較高。通常，床前置一小榻，藉以登上床。此處之榻，當時是類小榻，可以坐人者。

❿此有主人否？—此地有沒有可以借住的居停主人？

⓫迺今三句—現在並沒有要你們交回錢帛的意思。而在此附近也沒有可借宿的主人。你們為何如此拒人於千里之外呢？

⓬素群粲然，凝質皎若—白色的衣裙很鮮明，肌膚又非常白嫩。凝脂，喻皮膚柔滑如脂肪之凝聚也。長恨歌：「溫泉水滑洗凝脂。」

⓭辭氣閑雅四句—閑雅，即嫻雅，猶沈靜也。款曲，委曲酬應。飜然卻入，像驚鴻一瞥，瞬即離開了。大意說：白衣姝說話從容清雅，有若神仙。略略寒暄之後，便轉身入內室去了。

⓮垂情與貨諸彩色—承情借錢買各色衣飾。

⓯比日—近日。

⓰所假若何？深憂愧—所借與的錢有多少？真不好意思。

⓱綵帛麤繆—麤同粗。繆，兩股絲絞在一起。此處說：五綵顏色的衣料都是粗糙織成的。

⓲剨然—剨，破聲。剨然而開，門一聲響便打開了。

⓳恐尚書怪遲—怕鹽鐵使責怪李子遲遲未歸。尚書，尊稱鹽鐵使。

⓴遂覺身重頭旋，命被而寢—才感覺到身疲頭暈，要了棉被，上床就寢。

㉑李的妻子鄭氏的話說：你本是來等候調差任官的。因為找你不到，只好請二家兄替你到官衙辦手續。現已辦妥了。

㉒祇對失次—祇，恭敬之意。言：恭敬的答話，卻次序錯亂。

㉓鳳翔節度—即鳳翔節度使。鳳翔，漢時稱為右扶風。唐置鳳翔府。約當今日之陝西鳳翔。

㉔迴翔—回翔也。此處有徘徊、逗留之意。

㉕斯須益甚—斯須，片刻之間。益甚，更痛得厲害。

㉖冤駭—舉家冤駭，全家人都覺得委屈、驚恐。

語譯

隴西李黃，係鹽鐵使李遜的姪子，憲宗元和二年，在京等候選任官職，乘閒逛長安東市。瞥見有一台牛車，侍婢數人，在車中買東西。

李黃偷偷的望向車中，看見一位白衣女郎，綽約有絕代的姿色。

侍者說：「我們小姐是袁氏的姑娘。前嫁與李家。夫喪孀居。為李氏服喪。今剛剛除服，所以要買這些東西。」

因問：「可能再從人嗎？」

侍者笑笑。說：「不知道。」

李黃於是拿出金錢，為所買的錦繡衣服代付錢。婢子們都說：「姑且借錢買吧。請隨我們到莊嚴寺左側家中，再相還不誤。」

李子很高興。惟時間已向暮，乃騎馬跟在牛車後面走，入夜才到達住處。

牛車一直開進中門。白衣女郎下車，眾侍婢用帷幕擁之而入。

李子下馬。隨即有一個佣人拿了一張椅子出來，對李子說：「且請坐。」

落坐之後，侍者說：「現在天夜了，郎君能有閒暇等拿錢嗎？要不，此間自有主人，且先回，明晨再來拿錢也不為晚。」

李子說：「現在沒有還錢的意思。也沒看見主人。為什麼這樣見外呢？」侍者入內。復出來，說：「沒有主人，如何可以。但請不要以疏忽見笑。」一會兒，侍者說：「有屈郎君。」

於是李黃整理了一下衣服才進入。只見有一位穿著青色衣服的老婦人站立庭中，見面說：「我是白衣女子的阿姨。中庭請坐。」

又一會兒，白衣女郎才出來。只見她白裙粲然，肌膚潔白，言語嫻雅，態若神仙。稍稍寒暄，隨即入內。

阿姨道謝說：「蒙您慷慨代付錢買各樣彩色衣服，比近來所買的都好。代付了多少錢？真不好意思。」

李子說：「彩帛粗陋，難配作佳人的服飾。那敢談錢呢？」答道：「她也夠淺陋的，配不上為君子奉巾櫛。只是我們負債三十千，假如郎君不嫌，她願侍奉左右。」

李子高興，拜於座旁。然後俯首規劃。李子有一貨易所，就在左近。遂命隨侍的從人往取三十千錢，一忽兒便拿來了。堂西閣門，呀的一聲便打開了，酒菜都準備妥當，阿姨便請李子入座。

女郎也就出來了，阿姨叫她坐，她也就坐下了。有六七人侍候飯食。吃完飯，又上酒歡飲。

李子一住三天，飲酒作樂，無所不至。

第四天，阿姨說：「李郎君該回去了，只怕尚書（指鹽鐵使）責怪呢。自後可隨時來往。」李子也有回家的意思。於是拜辭出門。

上馬之時，僕人覺得李子身上有一股腥臊異常的氣息。

回到家裡，大人問：「為何多日不見？」李子以謊話對。遂覺身重頭旋，命蓋上被子休息。

李子已婚鄭氏。妻子在他榻旁告訴他說：「你調官已調成了。昨天過官，你不在，我的二哥代你去了一趟。事情都已辦妥了。」李子答以慚愧和感謝的話。

一會兒，鄭兄來到，怪他調官不在。李已漸覺恍惚，言語錯亂。忽然對妻子說：「我恐怕要死了。」口中說話，只覺在被子下的身體漸漸消掉了。揭開被子，除了頭仍在外，全身都只剩下水。全家大驚。把隨李子出門的僕人找來問話，始知梗概。於是去找李子去過的住宅。只見一個空園子。更無房屋。其中有一棵皂莢樹。樹上有十五千錢。樹下也有十五千錢。此外便無所見。

問當地的人，都說：「往往有一條大白蛇在樹下。別無他物。」女郎姓袁，原來以空「園」為姓。

二十六、木師古

遊子木師古貞元❶初行於金陵❷界村落，日暮投古精舍❸宿。見主人僧❹，主人僧乃送一陋室內安止。其本客廳乃封閉不開。

師古怒，遂詰責主人僧。

僧曰：「誠非悋惜❺於此，而卑吾人於彼。俱以承前客宿於此者，未嘗不大漸❻於斯。自某到已三十餘載，殆傷三十人矣。閉止已周歲，再不敢令人止宿。」

師古不允，其詞愈生猜責。

僧不得已，令啓戶灑掃。乃實年深朽室❼矣。

師古存心信，而口貌猶怒。及入寢，亦不免有備預❽之志，遂取匣中便手刀子一口，置於牀頭席下。用壯其膽耳。

寢至二更，忽覺增寒。驚覺。乃漂沸風冷❾，如有扇焉。良久，其扇復來。師古乃潛抽刀子於握中，以刀子一揮，如中物。乃聞墮於牀左，亦更無他。師古復刀子於故處，乃安寢。至四更已來，前扇又至，師古亦依前法，揮刀中物，又如墮於地。握刀更候，了無餘事。須臾天曙。寺僧及側近人同來扣戶。師古乃朗言問之為誰。僧徒皆驚師古之猶存。師古具述其狀，涂涂拂衣而起。諸人遂於床右見蝙蝠二枚，皆中刀狼籍而死。每翅長一尺八寸。珠眼圓大如瓜，銀色。

按《神異秘經法》云：百歲蝙蝠，於人口上服人精氣，以求長生。至三百歲，能化形為人，飛遊諸天。據斯未及三百歲耳。神力猶劣，是為師古所制。師古因之亦知有服鍊術，遂入赤城山，不知所終。

宿在古舍下者，亦足戒（防）矣。

說明

一、本文依據商務《舊小說》《博異志》部份及《太平廣記》校錄。

二、標點符號係編者附加，並予分段。

三、第八段「僧徒皆驚師古之猶存」後，《廣記》尚有「詢其來由」四字。

註釋

❶貞元——貞元是唐德宗年號。共二十年。

❷金陵——約當今南京市及江寧縣地。唐武德三年改江寧為歸化。八年更名金陵，九年又改名白下。

❸精舍——佛舍也。如竹林精舍。亦為學舍之稱。

❹主人僧——住持。

❺悋惜——悋同吝，慳也。悋惜，吝惜之意。

❻大漸——病劇也。

❼年深朽室——年代很久的破爛房間。朽，爛也。吝惜之意。

❽備預之至——有作準備的心理，唐時若干字，如紹介、備預，和現在常用的介紹、預備、恰恰顛倒了。

❾漂沸風冷——漂，浮動。沸，水湧出曰沸。應該是「有冷風飄忽而過」的意思。

語譯

遊客木師古，於唐德宗貞元初行走到金陵界內一村落，天將暮，乃投宿一個古佛舍。拜見主人僧，主人僧送他到一間破房間住。原有客廳門卻鎖著。

師古大怒，大聲質問主人僧。

主人僧說：「我們並不是吝惜。只是從前來這裡的人客，住在大廳中，沒有不得大病的。自老僧來到此地三十多年，已經有三十多人因而受到傷害了。廳門也關閉了一年多了。再不敢讓人止宿。」

師古不答允，話中更有猜忌責備的意思。

和尚不得已，乃命將廳門打開，洒掃收拾。看起來，確實是一間年久荒棄的古屋。

師古開始心中相信。但說話和表情還是怒氣沖沖的樣子。等到要就寢了，他也有所準備，從行囊中取出一口刀放在床頭蓆下。壯壯自己的膽。

睡到二更時分，師古覺得有點涼。因而驚醒了。原來有冷風飄拂而過。似乎有人在扇扇子。好一會兒，那個扇子又來了。師古暗中抽出刀，握在手中，用刀一揮，似乎揮中了什麼。只聽到那東西墮落在床左。然後便沒事了。師古把刀藏起，安然入睡。睡到四更左右，扇風又起。師古依照前法，揮刀疾砍，又中一物，跌落地上。師古握刀守候，卻沒再發生什麼事。

不久，天亮了。和尚和附近的居民來敲門。師古大聲問：「哪一位？」和尚們都奇怪師古竟然沒有事，依然活著。

師古把夜來的經歷告訴眾人。自己抖抖衣服爬起床。諸人發現床旁有兩頭大蝙蝠，都是被刀砍中，狼籍而死。蝙蝠的翅，一支有一尺八寸長。全身銀色，眼睛大得像瓜。

經查《神異秘經法》中說：超過一百歲的蝙蝠，會在人口上吸人的精氣，以求長生。到了三百歲，便能化為人形，飛遊諸天，這兩只蝙蝠似乎都沒有三百歲，法力低微，所以被師古揮刀殺死了。

新鋭文學30　PG1130

新鋭文創
INDEPENDENT & UNIQUE

教你讀唐代傳奇
——博異志

編　　著	劉　瑛
責任編輯	蔡曉雯
圖文排版	楊家齊
封面設計	蔡瑋筠
出版策劃	新鋭文創
發 行 人	宋政坤
法律顧問	毛國樑　律師
製作發行	秀威資訊科技股份有限公司 114 台北市內湖區瑞光路76巷65號1樓 電話：+886-2-2796-3638　傳真：+886-2-2796-1377 服務信箱：service@showwe.com.tw http://www.showwe.com.tw
郵政劃撥	19563868　戶名：秀威資訊科技股份有限公司
展售門市	國家書店【松江門市】 104 台北市中山區松江路209號1樓 電話：+886-2-2518-0207　傳真：+886-2-2518-0778
網路訂購	秀威網路書店：http://www.bodbooks.com.tw 國家網路書店：http://www.govbooks.com.tw
出版日期	2015年5月　BOD一版
定　　價	240元

國家圖書館出版品預行編目

教你讀唐代傳奇：博異志 / 劉瑛編著. -- 一版. -- 臺北市：新銳文創, 2015.05
面； 公分 -- (新銳文學；PG1130)
BOD版
ISBN 978-986-5716-55-4(平裝)

857.241 104003796

讀者回函卡

感謝您購買本書，為提升服務品質，請填妥以下資料，將讀者回函卡直接寄回或傳真本公司，收到您的寶貴意見後，我們會收藏記錄及檢討，謝謝！

如您需要了解本公司最新出版書目、購書優惠或企劃活動，歡迎您上網查詢或下載相關資料：http:// www.showwe.com.tw

您購買的書名：____________________________

出生日期：________年________月________日

學歷：□高中(含)以下　□大專　□研究所(含)以上

職業：□製造業　□金融業　□資訊業　□軍警　□傳播業　□自由業

□服務業　□公務員　□教職　□學生　□家管　□其它_____

購書地點：□網路書店　□實體書店　□書展　□郵購　□贈閱　□其他

您從何得知本書的消息？

□網路書店　□實體書店　□網路搜尋　□電子報　□書訊　□雜誌

□傳播媒體　□親友推薦　□網站推薦　□部落格　□其他__________

您對本書的評價：（請填代號　1.非常滿意　2.滿意　3.尚可　4.再改進）

封面設計____　版面編排____　內容____　文／譯筆____　價格____

讀完書後您覺得：

□很有收穫　□有收穫　□收穫不多　□沒收穫

對我們的建議：____________________________

____

____

____

請貼
郵票

11466
台北市内湖區瑞光路 76 巷 65 號 1 樓
秀威資訊科技股份有限公司 收
BOD 數位出版事業部

……………………………………………………………………

（請沿線對折寄回，謝謝！）

姓　　名：＿＿＿＿＿＿＿＿　年齡：＿＿＿＿　性別：□女　□男

郵遞區號：□□□□□

地　　址：＿＿＿＿＿＿＿＿＿＿＿＿＿＿＿＿＿＿＿＿

聯絡電話：(日)＿＿＿＿＿＿＿＿＿＿(夜)＿＿＿＿＿＿＿＿＿＿

E-mail：＿＿＿＿＿＿＿＿＿＿＿＿＿＿＿＿＿＿＿＿